그대에게,
왜 사느냐고 묻는다면

그대에게,
왜 사느냐고 묻는다면

채복기 지음

"삶이 참 소중하다는 것을 이제야 알았습니다"

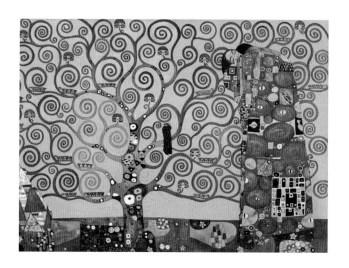

평 단

삶은 참으로 소중합니다

누군가가 당신에게 "당신은 왜 삽니까?"라고 묻는다면 당신은 뭐라고 대답할 수 있을까?

"글쎄요. 태어났으니까 사는 거 아닌가요?"
"에이, 사는 데 무슨 이유가 있나요? 그냥 사는 거지요."
"뭐, 죽지 못해서 살지요."
"글쎄요, 아직 거기까지는 잘⋯⋯."

우리는 이런 대답들을 쉽게 들을 수 있다. 사실 이런 대답들은 너무나 식상하고 무책임한 답변이기도 하다. 그냥 대충 둘러대는 대답이다. 물론 "왜 삽니까?"라는 근원적인 질문은 별로 좋은 질문이 아닐 수도 있다. 삶이란 나의 의지와는 상관없이 운명적으로 주어지는 것이기 때문이다. 그러므로 "왜 삽니까?"라는 질문보다는 "어떻게 삽니까?"에 초점을 맞추는 것이 더 올바른 질문이 아닐까 생각한다. 하지만 "왜 삽니까?"라는 질문에는 이미 "어떻게 살까?"라는 의미가 포함되어 있기에 "왜 삽니까?"라는 본질적인 질문을 먼저 해야 한다. 사실 "왜 사느냐"라는 질문은 사는 동안 끊임없이 자신에게 던지는 질문이다. 인생은 무슨 사건이 아니라 지금 어떻게 헤쳐 나가느냐이기 때문이다.

애플의 창업자 스티브 잡스(Steve Jobs)가 세상과 혁신에 공헌한 것은 세상 모든 사람이 인정하고 있다. 그러나 그는 암과 싸우면서 암을 너무나 과소평가 했다. 자신이 암과 용감히 싸웠다고 누누이 말했지만 결국은 자만이었다. 아무리 현대의학이 발달했다고 하지만 아직 의학은 암과 싸우기보다는 암을 달래야만 하는 수준이다. 그 또한 나약한 한 인간에 불과했다. 그는 췌장암으로 서서히 죽어가는 자신의 모습을 바라보면서 자주 이런 말을 했다고 한다.

"삶이 참 소중하다는 것을 이제야 알았습니다."

삶은 참 소중한 것이다. 이 세상에는 삶만큼 소중하고 귀한 것은 아무것도 없다. 삶이란 허무하고 공허한 속성이 있지만 매우 사실적인 현실의 문제이기 때문이다.

이 책에서 나는 복잡한 인생철학을 논하려는 것이 아니다. 인생의 무상함이나 허무함을 이야기하고자 하는 것도 아니다. 우리의 삶에 관해 이야기하고자 한다. 단 한 번밖에 없는 인생, 적어도 왜 사는지, 어떻게 살아야 하는지는 알고 살아야 하기 때문이다. 그래서 우리의 인생이 얼마나 소중한 삶인지를 다시 한 번 깨닫고 남은 생애는 인생의 분명한 목적과 의미를 갖고 우리 모두가 좀 더 행복하게 살아갈 수 있었으면 좋겠다.

지금 이 시각에도 보이지 않는 치열한 생존경쟁 속에서 힘겨운 싸움을 하며 인생의 분명한 목적이나 방향 그리고 비전도 없이 환경만을 탓하며 무의미하게 살아가는 사람이 많다. 하지만 너무 늦지 않게, 이제부터라도 인생의 목표와 우선순위를 분명히 정하고 살아간다면 단 한 번뿐인 인생, 적어도 후회하는 삶으로 살아가지는 않을 것이다. 스티브 잡스가 안타까워하며 했던 마지막 말처럼, 삶은 참으로 소중하기 때문이다.

그렇다. 어차피 우리가 이 세상에 태어났다면 살아야 한다. 삶이 싫다고 죽을 수는 없다. 비록 인생살이가 힘들고 고통스러워도 삶은 계속되어야 하며, 생의 의미를 스스로 찾아야 한다. 그냥 둘러대는 인생, 도망치는 인생이어서는 안 된다. 지금 이 시각에도 병원에서 중병으로 고통받으며 힘든 시간을 보내고 있는 사람이 많다. 그들은 우리가 쉽게 버리려고 했던 목숨을 지키려고 발버둥 치고 있는 사람들이다. 그들의 소원은 단 한 가지, 하루 빨리 건강을 회복해 가족과 함께 시간을 보내는 것이다. 인간의 나약함과 마지막 통로를 기억하게 하는 그들을 통해 사람은 죽을 고비를 넘겨봐야 비로소 생명의 소중함을 알게 됨을 알 수 있다. 인생을 고통스럽다고만, 죽고 싶다고만 생각하기보다는 그것을 극복하며 살아가는 것이 나에게 주어진 생명에 대한 예의다.

'아프니까 청춘이다'라는 말을 많은 사람이 공감한다. 하지만 사실 청춘들만 아픈 것은 아니다. 모든 사람이 다 아프다. 인생 자체가 아픔이기도 하다. 그래서 불교에서는 인생을 고해(苦海)라고 한다. 고생과 고통이 바다만큼 많다는 것이다. 살면 살수록 산다는 것이 힘들고 만만치가 않은 게 우리의 인생이다. 어쩌면 지나온 삶을 돌이켜보면 거의 모든 사람의 삶이 아픈 인생뿐이었다 해도 과언이 아닐 것이다.

그러나 비록 내 삶의 전부가 상처투성이였다 할지라도, 아니 말 못 할 아픔들을 가슴에 묻어두었던 세월이 다시금 되돌아왔다 할지라도 지금부터라도 인생을 좀 더 행복한 방향으로 바꿀 수만 있다면 우리의 남은 인생은 얼마나 행복할까. 적어도 험한 바다처럼 힘든 인생을 살아가지는 않을 것이다.

물론 우리의 인생을 바꾸기는 그리 쉽지 않다. 그러나 우리의 생각을 바꾸는 것은 그리 어렵지 않다. 지금부터라도 우리의 생각을 바꾸어 내 삶이 변화될 수 있다면, 그래서 불행한 삶에서 행복한 삶으로, 절망의 삶이 소망의 삶으로, 무의미한 삶이 의미 있는 인생으로 변화될 수만 있다면 적어도 남은 생애는 분명 행복하게 살아갈 수 있을 것이다.

그런 의미에서 나는 이 책이 잠시 위로하고 격려하고 용기를 주는 값싼 힐링의 책으로 끝나지 않기를 바란다. 인생은 위로와 힐링만으로는 절대 살아갈 수가 없다. 위로와 힐링은 설탕 같아서 많이 투여하면 자칫 당뇨병에 걸릴 위험이 있기 때문이다. 그저 열풍처럼 불고 있는 감상주의적 힐링이 아니라 나의 삶에 있어서 가장 중요한 본질적인 삶과 소중한 삶의 가치가 무엇인지를 깨달았으면 좋겠다. 비록 현재의 삶이 좀 힘들다 할지라도 세상을 헤쳐 나갈 수 있는 그런 깨달음의 기회 말이다. 그래서 자신만이 꿈꾸는 새로운 삶의 기준을 만들어 나가는 인생의 일대 전환점이 되었으면 한다.

한 번 읽고 던져지는 책이 아니라 인생이 힘들고 지칠 때마다 다시금 읽으며 살아가야 할 올바른 판단력과 분별력을 키울 수 있었으면 좋겠다. 삶의 판단력과 분별력은 살아가는 데 있어서 최고의 재산이기 때문이다. 다시 한 번 원하는 것은 살아왔던 과거의 시각으로 더 이상 현재의 나를 바라보지 않기를 바란다. 그래서 내가 왜 사는지, 어떻게 살아가야 하는지, 그리고 내 인생에 있어서 가장 소중한 것들이 무엇인지를 발견해 남은 생애는 모두가 행복한 인생을 살아가기를 소망한다.

모두가 행복하게 살아가기를 소망하며

채복기

행복의 노래

칼릴 지브란

사람들과 행복이라는 이름의 나는 연인 사이입니다.
사람들은 나를 간절히 원하고 나도 사람들을 그리워합니다.
하지만 우리 사이에 슬픔을 주는 경쟁자가 나타났습니다.
그녀는 헛된 유혹으로 사람들을 홀리며
지나친 요구를 하면서도 무정하기만 합니다.
그녀의 이름은 물질에 대한 욕망입니다.
그녀는 우리가 어디를 가든지
파수꾼처럼 따라다니며 감시하고
내 사랑하는 이를 잠 못 이루게 합니다.

나는 숲 속이나 호숫가 나무 아래에서
내 사랑하는 이를 찾지만,
나는 사람들을 찾지 못합니다.
왜냐하면 물질에 대한 욕망이 맹렬히
사람들을 혼잡한 도시로 데리고 가서
흔들리는 왕좌에 앉히고
재물에 정신을 잃게 했기 때문입니다.

나는 경험의 목소리와 지혜의 노래로
사람들을 불렀습니다.
하지만 사람들은 제 노래에 귀를 기울이지 않았습니다.
왜냐하면 물욕이 사람들을 유혹하여
탐욕에 빠져 살아가는 사람들을
이기주의라는 지하 감옥에 가두었기 때문입니다.

나는 사람들을 만족의 벌판에서 찾았으나
그곳에서 나는 혼자였습니다.
왜냐하면 나의 경쟁자인 물욕이 사람들을
갈망과 탐욕의 동굴에 가두었기 때문입니다.
그리고 그곳에서 사람들은 스스로

고통스러운 황금의 사슬에 묶여 살고 있습니다.

나는 만물이 미소 짓는 새벽녘에 사람들을 부르지만
사람들은 알아듣지 못합니다.
그것은 헛된 욕심이 사람들의 마약에 취한 눈을 눌러
그들을 선잠에 들게 했기 때문입니다.

나는 침묵이 온 세상을 덮고 꽃들이 잠드는
저녁 무렵 사람들을 위로합니다.
하지만 사람들은 응답하지 않았습니다.
왜냐하면 사람들은 내일 닥쳐올 것에 대한
두려움이란 생각의 그림자에 덮여 있었기 때문입니다.

사람들은 행복이라는 이름의 나를 사모합니다.
그리고 이런저런 자신들의 행위 속에서 나를 찾지만,
그들이 하느님의 품 안에서 하는 행동이 아니라면
그 어느 곳에서도 나를 찾지 못할 것입니다.
또 사람들은 자신이 피땀 흘려 얻은
영광스런 큰집에서 나를 찾고 있습니다.
그리고 자신이 모은 은과 황금 속에서

나를 오라고 속삭이며 부릅니다.
하지만 사람들은 그곳에서 나를 발견하지 못할 것입니다.
나는 하느님이 지으신 사랑의 시냇물이 흐르는
강가의 소박한 집에 머물러 살기 때문입니다.

사람들은 자신의 귀중품이 들어 있는
상자 앞에서 나를 포옹하고 싶어 하지만,
상쾌한 산들바람의 풍요로움 속에서가 아니라면
나는 결코 그들에게 나의 입술을 허락하지 않을 것입니다.

사람들은 나에게 자신의 엄청난 재물을
나누어 가지자고 말합니다.
하지만 나는 하느님이 나에게 주신 재산을
저버리지 않을 것이며,
나의 아름다움이란 외투를 벗어 던지지 않을 것입니다.

사람들은 물질과 같은 속임수로
행복이라는 나를 찾으려 하지만,
나는 오직 사람들의 마음속에서 찾을 수 있습니다.
사람들은 자신들만의 좁은 독방에서

스스로 마음에 멍이 들게 하고 상처를 주지만,
나는 나의 모든 사랑으로
사람들의 마음을 풍요롭게 할 것입니다.

내 사랑하는 연인인 사람들은 나의 적인 물질로부터
울부짖음과 비명소리를 배웠습니다.
하지만 나는 나의 연인에게 동정의 눈물을 흘리는 법과
그의 영혼의 눈으로부터 오는 자비를 가르칠 것입니다.
그리고 이러한 모든 것은
눈물들을 통해 만족의 한숨을 내쉬게 할 것입니다.

사람들은 나의 연인이며
나는 사람들 사이에 머물기를 원합니다.

▌목차▐

한 번밖에 없는 인생입니다

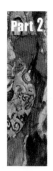

인생에서 가장 소중한 것을 발견하십시오

Part 1

한 번밖에 없는
인생입니다

잠시
살아온 삶을
한번
뒤돌아보자

어느 날 모 그룹 회장이 중환자실에서 수술을 받게 되었다. 마취하기 직전에 그 회장은 수술을 집도하는 의사에게 이렇게 말했다.

"선생님, 저는 이 세상의 모든 것을 남부럽지 않게 가지고 있습니다. 돈도, 명예도, 심지어 권력도 있습니다. 저는 이 세상 그 누구도 부럽지 않습니다. 그러나 건강 하나만은 가지고 있질 못합니다. 선생님! 저를 일 년만 더 살게 해 주십시오. 그러면 저의 재산 반을 당신에게 드리겠습니다."

신음하듯 힘들게 말한 회장에게 의사는 이렇게 말했다.

"회장님, 회장님은 건강 하나를 못 가진 게 아니라, 건강과 더불어 모든 것을 잃어버렸습니다. 건강 없는 물질이 무슨 소용이 있으며, 건강 없는 명예와 권력이 무슨 소용이 있단 말입니까?"

수술을 한 후 얼마 지나지 않아 그 회장은 가쁜 호흡을 몰아쉬며 이렇게 말했다.

"그래, 나는 너무 앞만 보며 달려왔어······."

❁

삶에는 쉼표가 필요합니다.

잠시만이라도 여유를 갖고 뒤를 돌아본다면,

또 다른 새로운 삶이 보이는 것이 우리의 인생입니다.

❁

인생을 무작정, 빨리,

급하게 서두르면서 살아갈 필요가 없습니다.

조급하게 살아가야 더 많은 것을 이룰 수 있다고

생각할 필요도 없습니다.

거대한 회색 도시의 콘크리트 정글 속에서

분초를 다투며 처절하게 살아가야만
뒤처지지 않을 것이라 생각할 필요도 없습니다.
불안과 걱정을 스스로 껴안으며 초조하게
살아갈 필요가 없다는 것입니다.

❀

삶이란
앞만 보고 무조건 달려간다고 성취하는 것이 아닙니다.
잠시 뒤를 돌아볼 수 있는 마음의 여유를 가질 때
비로소 과거가 드러나기 시작하고
선명한 미래와 방향이 보이기 시작하는 것입니다.
그래도 삶이 아름다운 이유는
잠시 쉬어갈 수 있기 때문입니다.

❀

한 템포 멈추고 좀 더 여유를 갖고,
가끔은 나 스스로를 뒤돌아볼 수 있는
고요의 시간을 갖다 보면
분명 또 다른 세상이 보일 것입니다.

생각만 바꾸어도 세상은 보이기 때문입니다.

❀

삶에는 느림의 미학이라는 것이 있습니다.
그것을 느림의 행복이라고도 말합니다.
좀 느리긴 하지만,
삶의 여유를 찾아 나서는 것입니다.
더 멀리 가기 위해서 말입니다.

❀

성공만 하려고 하면 할수록 모든 것이 소멸하고
얻으려고 하면 할수록 더 공허해지는 것이
우리의 인생입니다.
너무 앞만 보고 질주하다 보면
몸과 마음도 일찍 지쳐버립니다.
인생은 속도가 아닙니다. 방향입니다.
속도에 휩쓸리지 않고 잠깐 멈추어
정신을 차리는 훈련이 필요하다는 것입니다.

삶의 목표는 성공만이 아닙니다.

풍성한 행복입니다.

누가 뭐라 하든 우리는 행복하기 위해 살아가야 합니다.

이제부터라도 성공보다 행복을

내 인생의 삶의 목표로 정하세요.

내가 살아가야 할 인생이기 때문입니다.

가끔 모든 것을 내려놓으세요.

잠시라도 좋습니다. 다 내려놓으세요.

내려놓는 순간 비로소 여유로움이 생깁니다.

내려놓는다는 것은 무소유의 의미가 아닙니다.

여유입니다.

너무 집착하다가 내 인생을 놓치지 말라는 것입니다.

때로는 우리 인생, '너무 아등바등 살 필요가 없어'라는

허무적인 생각도 가질 필요가 있습니다.

구스타프 클림트,
〈아델레 블로흐-바우어의 초상〉,
1907년,
캔버스에 유채,
노이에 갤러리 소장

가끔은 나의 모든 것을 비워야 할 때도 있습니다.

비우는 것 자체가 목적이 되어서는 안 되지만

때로는 비움으로써 큰 행복을 얻을 수 있기 때문입니다.

비움은 '무'의 경지가 아닙니다.

나를 혼란스럽게 하는 것들을 정리하고

털어내는 것입니다.

그리고 그 속에 새로운 것들을 채우는 것입니다.

비움은 채움의 궁극적인 목적입니다.

그리고 그 비움은 여유입니다.

인생의 행복은 돈과 사랑, 명예 그런 것이 아닙니다.

여유입니다.

지금부터 그렇게 살아도 늦지 않습니다.

이미 일어난 과거는 바꿀 수 없지만,

다가올 미래는 얼마든지 바꿀 수 있으니까요.

그대에게, 왜 사느냐고 묻는다면

당신은
삶의 목적이
분명합니까?

'나'라는 존재는 결코 우연히 태어나지 않았다. 어떠한 분명한 목적을 갖고 이 세상에 태어났다. 그저 그렇게 살다가 그냥 죽기 위해 태어난 것이 아니라, 어떤 존재적인 이유를 갖고 이 땅에 태어난 것이다.

만약 우리가 삶의 목적을 잃어버리게 되면 살아가는 형식에만 집중하게 된다. 그렇게 되면 인생을 어디에 초점을 맞추며 살아가야 할지 알지 못하게 된다. 삶의 동기도, 열정도, 효율도 다 상실되고 만다. 이런 사람들은 침대에서 일어나는 것조차도 부담스러워한다. 인생살이를 무의미하

29

게, 하루하루를 지루하게 여긴다. 그러므로 자신의 삶의 목적을 아는 것이 매우 중요하다. 그 목적을 알 때 비로소 자신의 존재 가치를 알게 되는 것이다. 또한 삶에 대한 열정이 생기고 그 목적을 이루려는 꿈이 생기게 된다.

우리의 인생은 한 번 지나가고 나면 다시금 되돌릴 수 없다. 이 평범한 진리를 우리는 너무 잘 알고 있다. 하지만 이 사실을 의식하면서 살아가는 사람이 얼마나 될까. 유행가 가사처럼 우리의 인생은 생방송이다. 재방송이 없다. 즉, 시간이 그리 많지 않다는 것이다. 이 한정된 시간 속에서 자신의 꿈과 목표를 이루어 나가야 한다. 그러므로 우리는 하루 빨리 자신의 존재 목적을 찾아야 한다. 누구에 의해, 무엇에 의해, 어떻게 선택되었든지 간에, 오늘 내가 존재하고 있는 이상, 조그만 소망이라도 이루기 위해 자신의 존재 목적을 찾아야 한다.

독일의 철학자 쇼펜하우어(Schopenhauer)는 '인생은 어디서 왔다가 어디로 가는가?'라는 생각을 하다가 너무나 답답한 마음에 하루는 문을 박차고 뛰어나갔다. 그의 머릿속에는 '어디서 왔다가 어디로?'라는 의문만 지배하고 있었다.

그대에게, 왜 사느냐고 묻는다면

한참을 방향 없이 헤매고 다니다가 지나가던 사람과 이마를 부닥쳤다.

"아니, 이 사람이 대낮에 길도 모르고 뭐하는가?"라고 행인이 따져 물었다.

"예, 길을 잘 몰라서요."

"아니, 당신은 도대체 어디서 왔다가 어디로 가는지도 모른단 말이요?"

"예, 바로 그걸 몰라서요."

"참 이상한 사람이로군."

"예?"

그렇다. "나는 누구이며 도대체 어디에서 왔다가 어디로 가고 있는가?" 우리가 생각해 보아야 할 주제이다. 관성의 법칙대로 살아가기에는 우리의 인생은 길고 삶은 지루하기 때문이다.

소유가
인생의 목적은
아닙니다

　우리 모두는 오늘보다 더 나은 내일을 원하고, 보다 더 행복한 삶을 누리기 위해서 하루하루를 희망 속에서 살아간다. 하지만 순간 자신의 나이를 생각하면서 "실제로 내가 이룬 것이 아무것도 없구나!"라고 깨닫게 된다.

　그래서 어느 날 "사는 게 뭐지? 사는 게 이런 것인가? 이렇게 살다가 끝나는 것인가?"라는 물음 앞에서 자신의 인생의 허무함만 되뇌게 된다. 그렇게 되뇌다가 제대로 된 답 하나 찾지 못하고 더 방황하는 사람이 많다. 그 이유는 소유라는 물질적인 본능 앞에서 이미 자신의 모든 것이 무너져 버렸기 때문이다.

그렇다. 지금 우리가 살아가는 이 세상은 너무나 많은
것이 돈으로 환산되고 있다. 지금 이 시간에도 사람들이 돈
을 좇아 숨 가쁘게 달려가고 있다. 소유가 인생의 행복을
만들어 주는 것으로 착각하면서 소유에 유린당하며 살아
가고 있다. 그들은 무조건 성공해서 좋은 아파트에 살면서
외제 차를 타고, 골프를 치며, 마음껏 여행하면서 살아가는
것을 인생의 목표로 하고 살아간다. 물론 그것이 나쁘다거
나 중요하지 않다는 것은 아니다. 돈이란 조금이라도 더 많
이 갖고 있으면 좋은 것은 사실이다. 그리고 돈이 행복한
삶에 많은 영향을 미치는 것 또한 사실이다. 하지만 어느
정도 일정의 소득이 넘어서면 상관관계가 사라지는 것이
돈이다.

그러므로 삶의 뚜렷한 목표나 목적의식이 없는 물질적인
성공만이 삶의 목적이 될 수는 없다. 자칫 돈이면 다 된다
는 황금만능주의와 그로 인해 파생되는 우리 사회의 일그
러진 모습 속에 묻혀 서서히 나를 붕괴시키는 무서운 힘에
스스로 무너질 수 있기 때문이다. 돈이 매력적인 것은 맞지

만 그것이 돈의 한계다. 그래서 지금 이 땅에는 물질적인 가치와 정신적인 가치의 균형이 깨어진 사람이 많다. 결국엔 물질을 삶의 의미와 목적으로 삼았던 사람들은 후에 자신의 내면에 허무함만 있음을 고백하게 될 것이다.

사실 우리 인간은 생존을 위해서 소유가 필요하다. 그런데 어느 때부터 생존을 위해 필요한 소유물이 지금은 거꾸로 존재를 속박하고 있다. 인간이 무생물인 돈에 생명력과 힘을 불어넣어 준 꼴이 되어버린 것이다. 돈 있는 자는 돈에, 권력 있는 자는 권력에 끌려다니느라 온전한 자기 삶의 주인이 되지 못하고 있다. 그러므로 소유 자체에만 우리 인생의 행복과 목적을 두고 사는 사람은 공허한 인생을 살아갈 수밖에 없다. 그런 삶은 불행한 삶이다.

소유란 유동성이 있어서 돌고 돈다. 아무리 많은 것을 갖고 있어도 소유가 가져다주는 시간은 아주 짧다. 소유란 나에게 잠깐 맡겨 준 것일 뿐이다. 그러므로 사람이 돈을 지배하면서 살면 돈에서 자유로울 수는 있지만, 돈이 사람을 지배하면 소유의 기쁨은 잠시뿐 마음은 가난해지고 근심이 쌓이게 된다. 또한 분란의 원천이 되기도 한다. 그래서 우리 인간은 무엇을 갖는 것보다 지금 갖고 있는 것을 잃는 것에 대해 훨씬 더 큰 공포를 느끼는 것이다.

　사회 심리학자 에리히 프롬(Erich Fromm)은 "인생은 '소유냐, 존재냐'라는 질문에서 아무리 소유에 익숙했던 사람이라도 조금씩 나이가 들어감에 따라 누구나 존재 양식을 감지하게 된다"라고 말했다. 그렇다. 인생은 소유가 아니다. 존재 양식이다. 존재 양식이란 자아가 충만함을 말한다. 물질에 의한 행복이나 풍요가 아니라 불안과 결핍을 느끼지 않는 충만한 인생을 말한다. 결국 인생의 행복은 소유 가치가 아니라 자아 가치라는 점이다. 무엇을 더 갖는 데 있는 것이 아니라 무엇이 되느냐에 있다는 것이다. 그러므로 우리는 자아 가치를 위해 때로는 투쟁할 수 있는 용기를 가질 줄 알아야 한다. 내 삶의 가치를 어디에 두느냐에 따라 내 삶의 모습과 자세 그리고 방향이 확연히 달라지기 때문이다.

　"황금이 소나기처럼 쏟아질지라도 사람의 욕망을 다 채울 수 없다"는 법구경의 말처럼 인간은 가지면 가질수록 더

구스타프 클림트,
〈닭들이 있는 정원〉,
1917년,
캔버스에 유채,
미상

갖고 싶어 하는 게 인간의 욕심이다. 소유에 대한 욕심은 끝이 없다는 것이다. 소유로 얻는 행복은 지속적일 수 없다는 것이다. 물질은 어느 정도의 행복을 위한 수단이지 목적이 되어서는 안 된다는 것이다. 그러므로 간단하다. 우리가 소유에 집착하다가 존재를 잃어버리면 불안과 결핍을 느끼며 살아갈 수밖에 없지만, 존재에 목적을 두면 분명 가치 있는 삶을 살아갈 수 있는 것이다.

행복이란 분명하다. 자아실현이다. 이는 소유할 때 얻어지는 것이 아니라 삶에 대한 분명한 목적이 있고 자신의 삶이 조금씩 가치 있게 이루어져 나갈 때 얻어지는 것이다.

인생의 목표를
정하는 것이
중요합니다

어떤 돈 많은 여인이 강남의 모 백화점에서 30만 원짜리 스카프를 훔치다가 들켰다. 경찰이 왜 훔쳤느냐고 묻자, 인생에 재미가 없어서 훔쳤다고 한다. 또한 이름만 대면 알 수 있는 연예인, 교수나 의사 그리고 정치인 중에서 마약과 성문화에 빠져 있는 사람들이 붙잡혔다. 저명한 사람들이 왜 이런 행동을 하느냐고 물었다. 그들의 대답도 인생이 재미가 없다는 것이다.

인생이 재미가 없는 것이 아니다. 인생의 목표가 없기 때문이다. 철학자 롤로 메이(Rollo May)는 "현대인들은 자아를 잃어버린 세대"라고 말했다. 자아의식의 상실이 현대인들의 가장 큰 문제이며 모든 인간을 불행하게 만드는 원인이라고 지적했다.

대부분의 현대인은 생존하기 위해 숨 가쁘게 하루하루 살아가고 있다. 거대한 시멘트의 정글 속에서 시간에 쫓기며 수레바퀴의 인생을 살아가고 있다. 정작 자신이 누구이며, 무엇 때문에, 왜 이렇게 살아가고 있는지조차 모르고 있다. 인생의 목표와 자아가 상실된 채 말이다. 이때 빠른 템포의 인생 연주곡에 쉼표를 갖고 자신의 삶의 목표를 생각해 보자. 인생의 목표가 분명하면 자신이 만나는 모든 상황을 능히 이겨낼 수 있다. 어려움 속에서 마음을 다스릴 지혜와 용기를 스스로 찾아낼 수 있기 때문이다.

이러한 사람에게는 희망이라는 불빛이 절대 꺼지지 않는다. 하루하루 삶에 열정이 생긴다. 그러므로 진정 자신이 되고자 하는 삶의 목표가 무엇인지 빨리 발견하고 정해야 한다. 지금 바로 정하는 것이 아주 중요하다. 그 순간이 자신의 인생의 황금기가 되기 때문이다. 그 목표가 크든 작든 그것은 중요치 않다.

철새가 겨울을 피해 따뜻한 남쪽으로 이동을 하고 있었다. 그러던 중 철새 한 마리가 우연히 아래를 내려다보다가 맛있는 먹이가 많이 있는 것을 발견하고는 대열을 이탈해 땅으로 내려왔다. 내려와 보니 땅에는 정말 먹을 것이 많았다. 철새는 그곳에서 며칠 동안 꿈같은 날을 보내게 된다. 정신없이 맛있게 먹던 철새는 다시금 하늘을 올려다보았다. 여전히 친구 철새들이 떼를 지어 날아가고 있었다. 며칠이 지난 후 그 철새는 "이제 나도 친구들과 함께 날아서 남쪽으로 가야지" 하고 날개를 펴고 날기 시작했다. 그러나 어찌 된 영문인지 아무리 날갯짓을 해도 조금만 떠오르다가는 떨어지고 마는 것이었다. 이상하다고 생각하며 있는 힘을 다해 다시금 날갯짓을 했지만 끝내 날 수 없었다. 며칠 동안 맛있는 음식을 너무 많이 먹어서 이제는 날 수 없을 만큼 피둥피둥 살이 쪄버린 것이다.

우리도 이 철새처럼 살아갈 때가 있다. 정말 내가 해야 할 일보다 지금 당장 즐거워 보이고 좋아하는 것에만 정신이 팔려 엉뚱한 곳에서 허우적거리고 있을 때가 있다. 삶을 아무것도 아닌 것으로 여기는 사람들이다. 시간이 한참 지난 후에야 "여기가 어디지? 지금 내가 무얼 하고 있지?" 하면서 다시금 자신이 머물러야 할 곳을 찾아보지만, 이미 너무나 먼 곳에 와 있음을 깨닫고 포기해 버린다. 그렇다고 포기해서는 안 된다. 지금 자신이 너무 먼 곳에 와 있다 할지라도 절대 포기해서는 안 된다. 어쩌다가 내가 여기까지 왔는지 한 번쯤 냉정하게 생각해 보고 다시금 자신의 삶의 목표를 정해야 한다. 포기해 버리는 순간이 바로 인생의 새로운 비극이 또다시 시작되기 때문이다. 지금 자신의 주위에 있는 사람들이 인생의 목표가 없고 어리석고 바보 같다면 더 이상 그 옆에 머물지 말고 떠나라. 자신도 좋은 사람이 되어 더 좋은 사람들과 함께 걸어가는 그런 꿈을 꾸라. 죽을 만큼 가치가 있는 일을 하기 위해서.

인생이란 남이나 세상을 탓하는 것이 아니다. 스스로 만들어 가는 것이다. 왜 우리가 인생을 살아가면서 만족하지 못하고 후회하는 삶을 살아가며 때론 나 자신이 자꾸만 불행하다는 생각을 하게 될까? 세상 사람들이 추구하는 가치에 휘둘려 자신이 만족하는 삶이 없기 때문이다. 내가 남들보다 더 잘나고 싶고 특별한 것을 해야만 한다는 욕망 때문이다. 지금부터라도 세상이 추구하는 성공의 잣대에 상관없이 자신만의 분명한 목표를 정하고 그 목표대로 살아간다면 불행할 이유가 없다. 지나간 세월을 그리워할 필요도 없고 미래에 대해 염려하거나 불안해할 필요도 없다. 인생이란 그렇다. 스스로 만족하는 삶을 살아간다면 세상살이가 그리 피곤하지 않다. 충분히 행복하게 즐겁게 살아갈 수 있다.

그러나 정해진 목표가 없는 삶은 피폐하다. 그들은 의욕도, 의지도, 욕망도 없다. 이러한 사람들은 결국 삶에 대한 가치관의 상실로 물질만을 숭앙하며 허무하게 살아간다. 자신의 의지와는 전혀 상관없이 늘 방황하는 삶을 살아간다. 좌절감에 빠져 하루하루를 한숨으로 지새우며 미래는 물안개처럼 불확실하게만 본다. 심지어 과거에 경험했던 아픔과 고통, 거기에서 오는 기묘한 인생의 갈등만을 느끼면서 살아간다. 하지만 다시금 목표를 세운다면 제자리로 돌아갈 수 있는 놀라운 변화가 생기게 된다. 그 이유는 간단하다. 내 인생을 결정할 수 있는 기초가 생겼기 때문이다.

인생의 목적을 발견하는 것은 소명이다. 소명이란 내가 무엇을 해야 하고, 어떤 존재로 태어났는지에 대한 깨달음이다. 그래서 소명은 나의 발전과 열정을 불러일으키는 열

쇠가 되는 것이다. 그 소명을 추구하기 위해서는 때론 대가를 지불해야 할 때도 있는 것이다.

이 세상에는 목적 없는 사물이란 없다. TV는 보기 위해 만들어졌고, 옷은 입기 위해 존재하며, 스마트 폰은 편리를 추구하기 위해 만들어졌다. 하물며 만물의 영장인 인간이 목적 없이 존재만 하고 있다는 것은 얼마나 슬픈 일인가? 사람은 짐승하고 다른 점이 있다. 그것은 '자유의지'다. 사람이 위대하고 아름다운 것은 자유의지가 있기 때문이다. 자신의 행동과 결정을 스스로 조절하고 통제할 수 있는 힘이 있다는 것이다. 즉, 자신의 의지에 따른 선택이 자기 삶의 방향과 의미를 얼마든지 결정하고 만들어 나갈 수 있는 그런 위대함 말이다. 그래서 사람은 반드시 목표를 정해야 하고, 목적 있는 삶을 살아야 한다.

지금까지 잘못 살아온 자신의 삶에 대한 자책이나 실망보다는 더 이상 방황하지 않고 지금 나의 삶에 영향을 미칠 수 있는 가장 아름다운 향기는 과연 무엇일까? 그 향기를 찾아서, 그 목표를 찾아서 그것이 자신의 삶을 이끌게 하라. 이것이 후회 없는 인생을 사는 것이다. 빠르면 빠를수록 인생은 행복해질 것이며 늦으면 늦을수록 불행의 시간은 더욱 길어질 것이다. 삶은 복잡하지 않다. 단순하고 명확한 것이다.

Part 2

인생에서 가장 소중한 것을
발견하십시오

내가
좋아하는 일을
하십시오

사람은 언제 가장 행복해할까? 자신이 좋아하는 일을 하면서 살아갈 때가 제일 행복하다고 한다. 그 일을 하면서 즐겁고 보람을 느낀다. 행복지수도 높아지며, 후회하지 않는 삶을 살게 된다.

사람은 불안전한 존재이면서 단순하기도 하다. 그래서 복잡하게 살기보다는 즐겁고 재미있게 인생을 살기를 원한다. 이것이 인문학자들이 말하는 행복론이다.

스스로에게 질문을 해 보자. 지금 나는 어떠한가? 매일매일 하루가 즐겁고 행복한가? 오늘도 자신이 하고 싶은 일을 할 수 있기에 아침에 일어날 때마다 가슴이 설레이는가? 지금의 자신의 인생이 참으로 아름답다고 생각하는가? 그렇다고 한다면 그 사람은 행복한 인생을 살아가는 사람이다. 그게 아니라면 자신의 인생을 정말 진지하게 생각해 보아야 한다.

우리는 평생 일을 하면서 살아가야 한다. 일을 하지 않고는 의식주를 해결할 수 없다. 하지만 먹고살기 위해서 일을 한다는 것은 참 괴롭고 힘든 일이다. 그러나 내가 좋아하는 일을 하면서 먹고산다는 것은 전혀 힘들지가 않다. 세상에 힘들지 않은 일이 없겠지만, 자신이 좋아하는 일을 하는 게 오히려 힘들지 않은 것이다. 평생 해야 하는 일이기에. 그러나 대부분의 사람은 자신이 좋아하는 것과는 상관없이 안정적인 직업을 선택한다. 자녀들에게도 그런 길을 가도록 권유한다. 하지만 자신이 좋아하는 일이 아니기에 오래가지 못하고 성공하지도 못한다. 당연히 행복하지도 않다.

사람들은 이렇게 말한다. "누구는 이렇게 살고 싶어서 이러는 줄 아느냐?" 맞는 말이다. 젊은이들뿐 아니라 힘겹게 일하며 살아가는 대부분의 사람이 공통으로 많이 하는 말이 있다. 그것은 "기회가 된다면 당장 이직하고 싶다"는 말이다. 왜 그럴까? 여러 가지 이유가 있겠지만, 그 일이 자신이 좋아하는 일이 아니기 때문이다. 만약 당신이 그런 생각을 갖고 있다면 일희일비하지 말고 자신이 좋아하는 일을 찾는 게 낫다. "이놈의 인생" 하며 한탄하며 평생 살아갈 수 없기에.

인문학과 사회과학이 중요한 이유가 바로 여기에 있다. 규정에 의해서 환경의 지배를 받고 살아가기보다는 깨어 있는 의식 속에서 어떻게 지배해 나가느냐가 중요하다. 자신이 규정에 의한 조건에만 흔들려서는 안 된다는 것이다. 그러기 위해서는 자신이 정말 무엇을 잘하고, 무엇을 좋아하는지를 빨리 발견하고 찾아야 한다. 그런 후 그 일에 열정을 불태워야 한다.

그럼, 가장 잘할 수 있는 일을 어떻게 찾을 수 있을까? 어렵지 않다. 그 일이 내 심장을 뛰게 하는 일이라면 그것이 내가 좋아하는 일이다. 그 일을 하면서 정말 자신이 행복하다는 생각이 든다면 그것이 자신이 잘하는 일이다. 구체적으로 말하면 자신의 취미나 특기 혹은 끼와 재능에 맞는 일을 찾으면 된다. 예를 들면 요리를 좋아하면 요리사의 일을 하면 되고, 여행을 좋아하면 여행사 가이드 일을 하면 된다.

집 인테리어에 관심이 많다면 건축 공부를 하여 인테리어 일을 하면 된다. 세상에는 많은 일이 있다. 그중 자신이 좋아하는 일을 찾아 일을 하며 살아가는 것이 즐거움이고 행복이다. 그렇지 않으면 우리는 평생을 누군가가 만들어 놓은 틀 안에 갇혀 살아갈 수밖에 없다. 인생의 성공은 다른 데 있지 않다. 자신이 좋아하는 일을 열심히 하고 그 일을 하면서 행복하다면 절반은 성공한 삶이다.

우리의 삶은 반복되는 일상이다. 재벌도, 정치인도, 연예인도, 아무리 유명한 사람이라 할지라도 살아가는 것은 별반 다를 게 없다. 똑같은 고민을 하고, 똑같은 외로움 속에서 몸부림치며 살아간다. 실체를 감춘 이미지이지만 나타나는 존재일 뿐이다.

이렇게 반복되는 일상으로 살아가는 것이 우리의 숙명이라면 인생을 재미있고 즐겁게 하루하루를 살아가는 것이 더 낫지 않겠는가. 최소한 괴로운 일을 하면서 살지는 말아야 한다. 평생을 하기 싫은 일을 위해 억지로 땀만 흘리는 삶, 이 얼마나 바보 같은 삶인가. 성공한 사람들의 대부분의 공통점은 바로 자신이 하는 일을 즐긴다는 것이다. 인생이란 그렇다. 나의 의지대로 살아가야 행복한 인생이 되는 것이다. 나이 들어 양로원에 가면 내 의지대로 살아갈 수가 없다. 그냥 몸만 움직일 뿐이다. 단 하루를 살더라도 자기의 삶을 살아가야 한다.

다시 한 번 자신을 생각해 보자. 그동안 나는 어떠한 가치를 품고 살아왔는가? 무엇을 개척하고자 원했는가? 그토록 내가 갈구하면서 만들고 싶어 했던 인생은 도대체 어떤 것이었는가? 그런 인생을 살아가기 위해 이제부터 나는 어떻게 해야 할까? 이 질문에 답하기 위해 자신의 비전이 무엇인지를 깊이 생각해 보라. 자신이 하고 있는 일이 자신의 심장을 뛰게 하고 있는지. 지금이라도 늦지 않았다. 자신의 심장을 뛰게 하는 일을 찾아보라. 그 일이 당장은 결과가 나타나지 않겠지만, 시간이 지나면 성공으로 돌아올 것이다.

✿

이 땅에는,

자신이 남들보다 삶의 조건이 불리하다며,

세상을 향해 원망하거나 비관하며

살아가는 사람이 많이 있습니다.

더 나아가,

생명의 고귀함이나 생명의 근원조차도 깨닫지 못하며

살아가고 있는 사람도 많습니다.

이유는,

자신의 인생에서 정말 소중한 것이 무엇인지 모르고

살아가고 있기 때문입니다.

인생이란 무슨 사건이 아니라

어떻게 헤쳐 나가느냐입니다.

❀

인간은 행복의 기준과 추구하는 가치관,

그리고 살아가는 의미의 기준은 저마다 다 다릅니다.

그러므로 누구의 삶이 더 완벽하다는

그런 정답은 없습니다.

어차피 사람은 완벽한 삶을 살아갈 수 있는

존재가 아니기 때문입니다.

그러나 분명한 것은,

세상 사람들이 뭐라든,

나 스스로 정해놓은 나만의 기준치의 삶 정도는

있어야 된다는 것입니다.

나만의 기준치의 삶을 찾는 것이 바로,

내 인생에서 가장 소중한 것을 발견하는 것입니다.

구스타프 클림트,
〈프리데리케 마리아 베어의 초상〉,
1916년,
캔버스에 유채,
텔아비브 미술관 소장

내 인생은
내 것입니다

내 인생은 내 것입니다.

부모나 형제들이 내 인생을 위해 살아주는 것이 아니라

내가 살아가는 것입니다.

이 세상엔 그 누구도

나의 삶을 대신 살아줄 사람은 없습니다.

그러므로 답은 아주 간단합니다.

남이 아닌,

내가 원하는 운명 같은 일을 선택하면서 살아가야 합니다.

❋

남이 뭘 하고,

남들이 어떻게 살아가느냐도 중요하지 않습니다.

남들이 나를 어떻게 바라보느냐도 중요하지 않습니다.

남들에게 나의 과장된 모습을 보여 줄 필요도 없습니다.

나는 늘,

나 자신의 모든 모습을 솔직하게 받아들일 줄 아는

삶의 지혜만 가지고 있으면 되는 것입니다.

❋

정말 내가 무엇을 원하고,

무엇을 잘할 수 있는지 빨리 찾아 나서는 지혜가

훨씬 더 중요합니다.

내가 내 삶의 주인이 되어,

내가 주체적인 삶을 살아가는 삶 말입니다.

그런 의미에서 먼저 나의 삶을 단순화할 필요가 있습니다.

미국에 사는 동포 마이클 리는 미국에서도 수재들만 다

닌다는 스탠퍼드 의과대학원생 엄친아였다. 그대로만 간다면 그는 의사로서 안정된 삶이 보장되는 길을 갈 수가 있었다. 그러나 졸업을 1년 앞둔 그는 문득 자신이 행복하지 않다는 생각이 들었다. 대학병원에서 일하는 것이 재미가 없었다. 평생 그렇게 살 자신도 없었다. 그는 늘 생각하며 꿈꾸어 오던 노래와 연기를 하고 싶었던 것이다. 어느 날 그는 과감히 진로를 바꾸었다. 그리고 뮤지컬 배우 오디션에 합격을 했다. 그는 아버지에게 연락을 드렸다.

"뭐라고? 기껏 배우나 하라고 내가 너를 의대에 보낸 줄 알아?"

아버지는 노발대발하셨다. 하지만 그는 아버지에게 이렇게 말했다.

"아버지, 저는 의사보다 노래와 연기를 더 하고 싶습니다."

그렇게 그는 17년간을 즐겁고 행복하게 달렸다. 현재 그는 한미 양국뿐만 아니라 유럽에서도 종횡무진 활약하는 뮤지컬 분야의 슈퍼스타이다. 한국에서는 〈미스 사이공〉의 남자 주인공 역할을 맡아서 일약 스타덤에 올랐다. 그 후 〈왕과 나〉〈겟세마네〉〈슈퍼스타〉 등 30여 편의 작품으로 뉴욕 브로드웨이 무대에 섰다. 1,200여 명의 객석이 꽉 메운 극장에서 하루 8번의 공연을 하면서 바쁘지만 행복한 날들을 보내고 있다. 그리고 틈틈이 공부를 해서 아버지의 소원대로 의과대학원도 졸업했다.

"나는 뮤지컬 배우로 사는 삶이 이 세상의 그 어떤 것보다 가장 행복합니다."

그의 행복한 고백이다. 그는 의사보다 무대 위에서의 기쁨과 행복을 선택했다. 그는 자신의 인생에서 가장 소중한 것이 무엇인지를 분명히 알고 살아가는 참 행복한 사람이다.

"그래도 뮤지컬 배우로 사는 것보다는 의사로 사는 것이 낫지요"라고 말하는 사람들도 있을 것이다. 이러한 보편적인 질문을 하면서 아쉬워하는 사람은 아직도 인생의 소중한 가치가 무엇인지를 잘 모르는 사람이다. 내 인생은 내 것이다. 내가 결정하고 내가 행복해야 하는 것이다. 내가 행복해야 세상이 행복해지는 것이다.

우리가 생각하는 것보다 훨씬 더 많은 사람이 지금도 이러한 행복을 찾아 누리며 성공적인 삶을 살아가고 있다. 당신은 어떠한가? 중요한 것은 자신의 선택이다. 시도조차 해 보지 않고 다른 사람이 만들어 놓은 울타리에 갇혀 안주하는 사람은 삶의 기쁨과 일의 즐거움이 없을 것이다. 정말 자신이 하고 싶어 하는 일이 있다면 그 길을 가 보라. 자신의 환경에 타협하지 말고 부딪쳐 보라. 현실에서 도피하기 위해 상상 속에서만 머무르지 말라. 그러다 관념 속에서 헤매다 인생의 마지막을 만날 수 있다.

미국의 스타벅스에서 이사직에 있던 한인 제인 박(Jane Park)은 서울에서 태어나 캐나다에서 성장한 후 프린스턴과 예일 법대를 졸업했다. 그녀는 법조계에서 얼마든지 일할 수 있었다. 하지만 그녀는 안정된 미래 대신 새로운 미래와 자신의 행복을 위해 도전했다. 손톱 화장품에 관심이 많았던 그녀는 그쪽 계통에서 일을 배우기 시작했다. 그리고 어느 날 ㈜줄렙(Julep)을 창업하여, 최근에는 실리콘밸리의 벤처투자 회사인 안드레슨 호로위츠가 주도한 제2차 증자에서 총 1,030만 달러를 모아 자산 총액이 2,030만 달러가 되었다. 이는 아주 짧은 기간에 이루어낸 성과다. 그녀는 이렇게 말했다.

"이 일은 무조건 내가 하고 싶은 일이었습니다. 이 일을 하면 행복할 수 있을 것 같았습니다. 그래서 무조건 선택했습니다. 그런데 이렇게 빠르게 급성장할 줄은 몰랐습니다."

　지금은 상상력이 콘텐츠가 되어가는 시대다. 아무리 자신에게 콘텐츠가 될 수 있는 잠재력이 많이 있다 할지라도 꺼내 쓰지 않으면 그냥 상상력으로 끝나버리고 만다. 그 잠재력을 끌어내 극대화 하는 것이 중요하다. 내 인생의 주인은 '나'이기에 자신의 운명은 자신이 개척해 가야 한다. 나를 행복하게 할 책임도 자신에게 있고, 행복할 권리도 자신에게 있는 것이다.

구스타프 클림트,
〈카머 성의 공원 길〉,
1912년,
캔버스에 유채,
오스트리아 미술관 소장

변화를
두려워하지
마십시오

인생에는 두 종류의 기회가 있습니다.
저절로 찾아오는 기회가 있고
스스로 만들어 가는 기회가 있습니다.

기회를 만들어 가는 사람들은
그 기회를 포착하고
유용하게 사용할 줄 아는 사람들입니다.

그리고 준비된 자들입니다.

그러나 찾아온 기회를 놓치거나 허비한 사람은

애석하게도 대다수가 패배자였다는 사실입니다.

❀

우리는 살아가면서 준비가 되지 않아,

기회를 놓치고 후회하는 사람들을 많이 봅니다.

현실에 대한 감각이 떨어졌기 때문입니다.

그것은 변화가 두려워 그저 익숙한 생활에 안주해온,

그리고 자신을 합리화하려고만 하는

일종의 게으름과도 같은 것입니다.

❀

불가능이란 노력하지 않는 자들의 변명입니다.

현실만 탓하면서 변화를 원하지 않는 사람에게는

사실 별 뚜렷한 방법은 없습니다.

그냥 그럭저럭 한평생을 살아갈 뿐입니다.

그러나 분명한 것은 결코 그것이 최선이 아니라는 것입니다.

변화를 두려워하지 마세요.

흔히 인생은 자기를 찾아가는 마라톤이라고 한다. 그래서 끝없는 자신과의 투쟁이라고 말한다. 그래서 어떤 사람들은 너무 서두를 필요가 없다고 한다. 하지만 모든 것이 다 그런 것은 아니다. 때로는 빨리 자신을 찾아야 하는 단거리 경주일 때도 있다.

인생은 자신이 생각하는 것보다 그리 길지 않다. 특히 인생에서 가장 소중하고 중요한 것을 찾는 급박한 문제는 마라톤이라고 생각해서는 안 된다. 인생의 낭비가 크기 때문이다. 하지만 가능한 한 빨리 서두를수록 좋다. 서두른 만큼 인생의 낭비를 줄일 수 있기 때문이다.

특히 변화가 두려워 자신의 목표를 찾지 못하고 여전히 현실에만 안주한다면 결국 소중한 인생을 그만큼 잃어버리게 될 것이다. 거울에 비친 자신의 자화상을 한 번도 제대로 보지 못하는 안타까운 삶이 될 수도 있다.

지금도 익숙한 현실에 안주하면서, 그 현실을 버릴 수 없어서 여전히 힘들게 살아가는 사람이 많다. 그러나 주변에는 자신이 좋아하는 일을 선택해 인생을 즐기며 행복하게 살아가는 사람도 많다. 그들은 절대로 변화를 두려워하지 않는다. 그렇다고 편하게 성공을 이루려는 사람들도 아니다. 분명한 것은 변화가 두려워 세상과 환경에 끌려가는 삶은 이룰 수 있는 것이 아무것도 없다는 사실이다. 자신의 더 나은 삶을 위해 변화를 추구해야 한다.

물론 자신에게 주어진 것들이 제한되어 있을 수도 있다. 쉽지 않은 것 또한 사실이다. 하지만 그 굴레에서 벗어나 어떤 분야에서든 진정한 개척자가 되겠다는 포부를 가져야 한다.

세상은 끊임없이 변하고 있다. 그 변화에 맞추어 나가지 못하면, 즉 자기 변화와 혁신이 없으면 무기력한 감정에만 빠지게 된다. 변화를 원하지 않는다는 것은 더 이상 성취하겠다는 노력을 하지 않겠다는 것이다. 당장 눈앞의 벽에 머물게 되면 더 많은 것을 잃어버릴 수도 있다. 자신을 담금질하여 변화를 두려워하지 말자.

"어차피 한 번밖에 없는 인생 내가 그토록 하고 싶은 것 하다가 죽자!"

때로는 이런 심정으로 살아갈 필요가 있다.

헤르만 헤세는 "한 새가 태어나기 위해서는 반드시 자기가 살고 있는 세상을 깨고 밖으로 나와야 한다"고 했다. 자신의 더 나은 미래를 위해서라면 결단이 필요하다. 기억하자. 주위의 기대, 자존심, 실패에 대한 두려움, 변화에 대한 두려움 등이 끊임없이 자신을 힘들게 하겠지만, 인내하고 나아가는 길에 밝은 태양이 뜰 것이다. 로버트 슐러가 "성공을 확신하는 것이 성공의 첫걸음이다"라고 말한 것처럼, 내가 기대한 만큼 이루어진다는 진리를 믿는 믿음을 갖자.

남을
의식하면서
살지 마십시오

❀

살아가면서

우리는 남을 의식하면서 살아갈 때가 참 많습니다.

남들은 별로 나를 의식하지 않는데

괜히 나 혼자서 남을 의식합니다.

내가 생각하는 만큼 남들이 나를 기억해 주지 않습니다.

남들이 나를 바라보는 나와, 내가 아는 나는 많이 다릅니다.

인생을 그렇게 살면 체면은 조금 지킬 수 있겠지만,

마음의 자유로움은 포기하면서 살아가야 합니다.

자칫 평생을 불행 속에 갇혀 살아갈 수 있습니다.

구스타프 클림트,
〈여성의 세시기〉,
1905년,
캔버스에 유채,
로마 현대미술 갤러리 소장

남,

의식하지 않고 단순하게 사는 삶이

풍성하고 행복한 삶입니다.

❀

남들에게 보여 주기 위한 삶은 참 공허한 삶입니다.

나 스스로를 가두었기에 내 인생이 없어집니다.

남들이 정해 놓은 틀 안에,

나의 이미지를 맞추어가는 어리석은 인생이 되지 마세요.

타인의 뜻에 따라 내 삶이 좌우되는 것은

참으로 불행한 인생입니다.

❀

우리가 끊임없이 다른 사람들을 의식하며 산다는 것은,

평가에 대한 지나친 불안 때문입니다.

이런 불안이 높은 사람일수록

행복지수는 낮아지게 됩니다.

늘 좌절과 불행감만 안겨 주게 됩니다.

어떤 일이 있어도

우리는 남을 의식하면서 살아가서는 안 됩니다.
인생의 낭비입니다.

❀

남들이 내 개인의 존엄의 가치를 정의하는 것도
중요하지 않습니다.
나의 존엄의 가치는 내가 만들어 가는 것입니다.
내가 남들에게 얼마나 많은 관심을 받으며 살아가느냐,
이것도 나의 몫이 아닙니다.
남의 시선을 의식해서 내가 잘할 수 있고 좋아하는 일을
놓쳐 버릴 수 있기 때문입니다.

❀

살아가면서 우리는 조그만 선택 하나를 앞두고도
주위 사람들의 지적과 평가를 의식하고
두려워할 때가 있습니다.
그래서 나 스스로의 행복을 놓쳐버리는 경우도 있습니다.
그러면서 저마다 삶의 여유를 갖지 못합니다.
지혜롭지 못한 행동입니다.

지금 내가 갈망하는 삶에 충실히 하는 것이
훨씬 더 중요합니다.

❀

절대로 남들과 비교하지 마세요.
다른 사람들과 끊임없이 비교하면서 느끼게 되는
상대적 박탈감은
오히려 나의 행복을 메마르게 합니다.
이 세상에 나같이 귀한 존재는 나밖에 없습니다.
그렇기에 나를 더 사랑해야 합니다.
나를 향한 사랑은 끝까지 나를 믿어 주는 것입니다.

❀

남을 의식하거나 남의 인생에 기웃거리는 사람은
절대로 자신의 소중한 가치를 만들어 나갈 수 없습니다.
남들이 나를 어떻게 바라보든,
나만의 길을 열심히,
그리고 묵묵히 걸어가는 그 인생이 아름다운 것입니다.

많은 대학생이 졸업을 한 후 자신의 전공 분야에 취직하여 일하는 사람은 극히 적다. 자신이 원하는 직장에 들어가기도 정말 어렵다. 그러므로 자신이 전공한 분야에 직업을 찾는 것만이 인생의 성공이라는 편견은 버려야 한다. 이제는 대학을 가더라도 자신이 추구하고 싶은 미래의 창의적인 사고와 분명한 판단이 서 있어야 한다. 부모나 주위의 바람에 따라 대학을 간다는 것은 물질과 시간을 낭비하는 일이다. 대학 진학을 안 해도 자신이 좋아하고 잘하는 분야를 배워 미래를 설계하면 된다.

세상에는 내가 전공한 것 이외에도 잘할 수 있는 일은 많다. 지금이라도 늦지 않았다. 내가 꿈꾸어 왔던 일, 가슴이 뛰고 설레는 일을 찾아야 한다. 이제는 학벌과 스펙만으로 인생이 결정되는 시대가 아니다. 자신의 콘텐츠를 찾아야 한다. 이 사회는 꿈과 끼 그리고 재능으로 새로운 삶의 희망을 찾아 얼마든지 인생을 누리며 즐겁고 행복하게 살아갈 수 있는 좋은 시대다.

컨설팅 업체인 멕킨지(Mc Kinsey)는 세계의 젊은이들이 가장 가고 싶어 하는 꿈의 직장 중 구글(google)보다 높은 세계 2위의 회사다. 그 회사의 인재를 뽑는 슬로건은 다음과 같다. "우리는 스펙을 중요하게 생각하지 않습니다. 우리는 세상을 변화시킬 야망과 끼 그리고 재능을 갖고 있는 사람을 찾습니다."

아직도 개인의 끼와 능력, 달란트가 사장되고, 자신만이 잘할 수 있는 창의성과 능력이 상실된 뻔한 경쟁에만 매달린다면 그 사람은 평생을 불행하게 살아갈 수밖에 없을 것이다. 비주류로 출발해 그 누구도 넘볼 수 없는 꿈을 이룬 독특한 성공신화의 주인공들을 우리는 어렵지 않게 만날 수 있는데, 그들의 성공 요인은 바로 그 사람의 콘텐츠에 있다.

우리의 삶에는 두 가지의 분명한 선택의 길이 놓여 있다. 지독한 자본주의의 경쟁 사회에서 처절하게 싸워 무조건 이기든지, 아니면 기대를 낮춰 자신이 좋아하는 일을 찾아 만족하며 살아가는 것이다. 우리는 둘 중 하나는 분명히 선택하고 살아가야 한다. 물론 인생에서 누구의 삶이 더 좋고 나쁘고의 정답은 없다. 하지만 중요한 것은 나 자신이 행복하게 살아가야 한다는 사실이다.

지금 내가 하는 일이 무엇이든지 그것이 사회적 지위와

자아실현의 기회를 주는 것은 사실이다. 그렇지만 직업 철학이 확실하지 않다면 생계유지와 수단밖에 될 수 없을 것이다. 그 일터는 결코 행복한 공간이 될 수 없다.

당신이 좋아하는 일이 무엇이며, 당신이 잘할 수 있는 것이 무엇인가를 생각해 보고 찾아보라. 이제 찾는다고 해서 뭐가 달라지겠는가 라고만 생각하지 말고 도전해 보라. 캐롤 버넷도 "나만이 내 인생을 바꿀 수 있다. 아무도 날 대신해서 해 줄 수 없다"라고 했다. 당신만이 자신의 인생에 변화를 줄 수 있다.

물론 사람마다 목표와 기준이 저마다 다를 것이다. 비록 그 목표가 작다 해도 그것은 조금도 중요하지 않다. 내가 가장 좋아하고 잘할 수 있는 일을 찾아 목표를 조금씩 이루어가면 된다. 여기서 얻는 행복은 무엇과 비교할 수 없을 것이다. 이것이 인생의 큰 의미이고 가치이다.

소중한 인생이란 나 자신만이 갖고 있는 개성으로 살아가는 것, 단순하면서도 마음의 여유를 가지면서 살아가는 것이 아닐까? 자신이 꿈꾸었던 인생을 화폭에 조금씩 조금씩 그려가며 완성해 가는 삶 말이다. 가슴을 뛰게 하는 일을 찾아 그 일에 날개를 달아 도약해 보자. 하고 싶은 일을 할 수 있는 사람이 행복한 사람이다. 아무리 열심히 하는 사람도 좋아하는 일을 하며 즐기는 사람을 이길 수 없다. 자신이 좋아하는 일에 목숨을 거는 사람은 인생의 소중한 가치가 무엇인지 아는 사람이다.

미래는 준비하는 자의 것이다. 자기가 좋아하는 일을 찾아 미래를 철저히 준비하는 자가 성공하며 행복한 인생을 살아갈 수 있다. 자신의 세계에만 갇혀 있는 자는 성공할 수 없다. 세상의 모든 일은 결코 하루아침에 이루어지지 않는다. 좌절하지 않고 끝까지 자신이 열망하는 것을 향해 달려갈 때 어느 순간 기적처럼 소망했던 것들이 이루어지는 것을 보게 될 것이다. 자, 이제 자신의 비전을 인생의 화폭에 그려 보자.

Part 3

지금 이 순간이
행복해야 합니다

지금
이 순간이
행복해야 합니다

행복은 멀리 있는 것이 아닙니다.

내 마음, 이 자리에 있습니다.

행복이란 외적인 조건에서 얻어지는 것이 아닙니다.

우리의 내면에 이미 가지고 태어난 것입니다.

행복은 환경이 아닙니다.

마음입니다.

지금 이 순간이 행복하다 생각하면 행복한 것입니다.

지금 내가 행복한 자리에 있으면서도

기쁘지 않으면 불행한 것입니다.

행복이란 내가 마음먹은 만큼 행복해지기 때문입니다.

❀

행복이란 타의의 강요에 의해 행복해지는 것이 아닙니다.

내가 선택해서 행복해지는 것입니다.

스스로 행복해지겠다고 결심만 하면

좋은 일들만 눈앞에 일어납니다.

지금 이 시간 속에서 행복을 찾으세요.

이 시간은 영원히 오지 않는 나만의 시간입니다.

❀

행복이란 연속적으로 이어지는 것이 아닙니다.

나머지는 치열한 전쟁입니다.

하지만,

그 속에서도 우리는 스스로 행복을 만들어 나가야 합니다.

순간을 사랑하고 순간을 느끼면서 말입니다.

무조건 지금 이 순간을 즐거워하십시오.

그 순간순간들이, 하나하나가
내 인생의 전체가 되는 것입니다.

❀

물론 우리의 인생이 행복으로만 가득할 수는 없습니다.
어쩌면 불행한 시간을 더 많이 맞으면서
살아갈 수도 있습니다.
그럼에도 우리는 행복을 내 삶의 지표로 삼아야 합니다.
그것이 행복이든, 성취든, 도전이든 상관없습니다.

❀

우리는 인생을 험한 바다처럼 살 수도 있습니다.
하지만 소풍처럼 즐거운 여행이 될 수도 있습니다.
그것을 결정하는 사람은
바로 자신입니다.

❀

행복은 나를 찾아오지 않습니다.
내가 찾아 나서는 것입니다.

특별한 날을 기다리며 살지 마세요.

하루하루가 특별한 날이라 생각하십시오.

하루하루가 행복한 날이라 생각하십시오.

시간과 기회는 나를 기다려 주지 않습니다.

오늘의 인생 자체가 청춘입니다.

우리의 삶은 좋은 일이 있어서 행복한 것이 아닙니다.

지금 즐겁고 기쁜 생각을 갖고 있기 때문에

행복한 것입니다.

미래의 행복을 위해 현재의 행복을 포기하지 마세요.

지금 행복하세요.

산다는 것이,

지금 이 순간이 기쁘고,

살 만한 가치가 있다고 느껴진다면

지금 나는 행복한 사람입니다.

내 인생의 절정은 '지금'입니다.

구스타프 클림트,
〈황마르가레트 스톤보로
-비트겐슈타인의 초상〉,
1905년,
캔버스에 유채,
뮌헨 노이에 피나코테크 소장

❀

성공이나 물질, 명예……

이런 것들이 행복의 조건이 될 수 없습니다.

일시적인 행복을 가져다줄 뿐입니다.

❀

행복이란 다 이루었을 때 행복한 것이 아닙니다.

행복은 조건을 붙이는 것도 아닙니다.

조건을 달고 성취되는 가치도 아닙니다.

행복을 위해 미래의 조건을 붙이는 현재는

늘 불안할 것입니다.

지금,

존재 자체에서 행복을 느끼고 찾아야 합니다.

❀

때로는,

살아가다가 공감할 때가 있다면

따뜻한 숨결들을 내 마음속에 불어넣어 보세요.

그 숨결들이 하나하나 모여 내 인생의 아름다운 꽃을

피워나갈 것입니다.

그것이 희열이고 행복입니다.

❀

그날이 그날 같은 일상으로 살지 마세요.

일상을 개념 없이 살아가게 됩니다.

행복해야겠다는 의지를 먼저 가지세요.

상황에 따라 흔들리는 사람은

결코 풍성한 삶을 누릴 수 없습니다.

❀

우리의 인생,

크게 두 가지만 기억하세요.

중년 이전에는 두려워하지 마세요.

그러나 중년 이후에는 절대로 후회하지 마세요.

그대에게, 왜 사느냐고 묻는다면

감사하는
마음으로
살아야
행복합니다

감사는 삶의 본질이다. 사람은 고마움과 감사를 느낄 수 있기 때문에 행복하고 살아가는 의미를 갖게 된다. 그래서 내가 행복을 만들어 나갈 때도 행복하지만 감사할 때는 더 큰 행복이 만들어지는 것이다.

사실 우리는 공짜로 받은 것이 많다. 생명, 가족, 물, 공기, 태양, 달, 별 등등 셀 수 없이 많다. 다리로 걸을 수 있고, 눈으로 세상을 보며, 코로 신선한 공기를 마시며, 피부로 스치는 바람을 느끼며, 귀로 아름다운 소리를 들으며, 입으로 마음에 있는 생각을 자유롭게 표현할 수 있으니 얼마나 감사한 일인가.

오늘이라는 하루 속에서 작은 것을 얻든 혹은 큰 것을 얻든 비록 소박한 것들이라도 언제나 감사를 발견하며 살아간다면, 신이 내게 주신 하루 분량의 즐거움을 마음껏 누리면서 살아갈 수 있을 것이다.

그런데 우리가 감사의 삶을 살아가지 못하는 이유는 무엇일까? 욕심 때문이다. 자신이 원하는 것을 소유했음에도 만족하거나 감사하지 않는다. 오히려 더 많은 것을 원하다가 결국 불행의 늪으로 빠지기도 한다.

감사가 없으면 입에는 불평과 원망만 있을 뿐이다. 삶이 소모적일 뿐이며, 삶의 의미도 없이 그냥 시간의 배를 타고 떠내려갈 뿐이다. 이런 삶은 방종의 삶으로 빠지게 한다.

그러나 하루하루를 감사하는 마음으로 살아가면 삶 속에서 내가 경험해 보지 못한 또 다른 삶의 가치와 기준을 발견하게 될 것이다. 더불어 행복이라는 큰 감격을 맛보게 될 것이다. 즉, 감사가 운명을 바꾸어놓는 기적의 통로가 되어줄 것이다.

1620년 102명의 영국 청교도 인은 종교의 자유를 찾아

신대륙으로 떠났다. 갖은 시련과 고통 속에서도 그들에게는 삶의 기준이 있었다. 그것은 "생각하고 감사하자(Think Thank)"였다. 그들은 플리머스 항구에 도착할 때까지 이미 44명의 동료를 추위와 굶주림에 잃었다. 하지만 그들은 끝까지 절망하지 않았다. 그리고 극심한 고난과 기근 속에서도 경작해서 얻은 농작물을 제일 먼저 하느님께 드렸다. 그 감사의 마음이 미국을 지난 수백 년간 기름지고 풍요로운 땅으로, 세계 최고의 부유한 나라로 만드는 원동력이 되었다.

1948년 10월, 남로당 계열의 군인들이 중심이 되어 여수 반란사건을 일으켰다. 그 당시 순천 사범학교 학생으로 막 졸업을 앞둔 두 학생이 있었다. 형 손동인과 동생 손동신! 그런데 그 두 형제는 남로당 공산당원들에게 체포되어 결국 총에 맞고 억울하게 죽게 되었다. 며칠 후 많은 사람의 위로와 눈물 속에서 장례식이 열렸다. 두 학생의 아버지는 손양원 목사였다. 그는 장례식 날 조문객들을 향해 이런 말을 했다.

"저는 나의 사랑하는 두 아들을 총살한 공산당 원수를 내

양아들로 삼고자 하는 사랑의 마음을 주신 것에 대해 감사합니다."

그는 인간으로서는 상상할 수 없는 감사를 인사말로 대신한 것이다.

감사는 범사(凡事)에 감사하는 것이다. 환경과 조건에 따라 좋을 때만 감사하는 것이 아니라 도저히 감사할 수 없는 환경과 여건 속에서도 감사하는 것이 범사의 감사다. 때로는 우리가 살아가면서 감사로 생각하기엔 너무나 고달프고 힘든 상황들을 만나기도 한다. 어쩌면 그런 상황에서도 감사를 해야 한다는 것은 잔인할 수도 있다. 하지만 그 속에서도 감사할 수 있는 마음을 가질 때 이제껏 당연하다고 생각했던 것들, 그리고 그동안 전혀 감사하지 않았던 모든 것의 가치를 알게 될 것이다.

감사란 내게 없는 것을 찾아 하는 것이 아니다. 지금 내가 갖고 있는 것에 만족하는 것이다. 비록 적은 것이라 할지라도 지금 내가 갖고 있는 것들에 대한 소중함을 깨닫는 것이다. 그럴 때 삶은 더욱 풍족해지며 그 안에서 삶의 기쁨과 행복을 누릴 수 있게 된다. 세상에서 가장 행복한 사람은 가장 많이 소유한 사람이 아니다. 감사하는 사람이다.

때로는 사람들은 하루하루가 매우 단조롭다고 생각하며 지겨워하거나 불평하기도 한다. 삶에 설렘이나 기대감도 없이 그저 흘러가는 대로 하루의 시간을 보내기도 한다. 물한 방울도 없는 건조한 사막과 같은 생활을 보내기도 한다. 아침에 일어나서 학교에 가고, 직장에 가고, 다시 집으로 돌아오고, 가족이 함께 식탁에 앉아 식사를 하더라도 텔레비전만 볼뿐이다.

그러나 어느 날 자신이 큰 아픔을 겪고 나서야 비로소 지루하다고 불평했던 그 일상이 얼마나 소중하고 행복했던 시간이었는지 깊이 반성하며 깨닫게 된다. 그만큼 우리 인간은 어리석은 존재다.

인생이란 그렇다. 행복해서 감사하는 것이 아니다. 감사하면 행복해지는 것이다. 살아가면서 가장 행복한 순간들은 균형 잡힌 조화로운 삶이 아니다. "이제는 죽어도 여한이 없습니다"라고 말할 수 있을 때이다. 지금 나는 그런 삶을 살아가고 있는가?

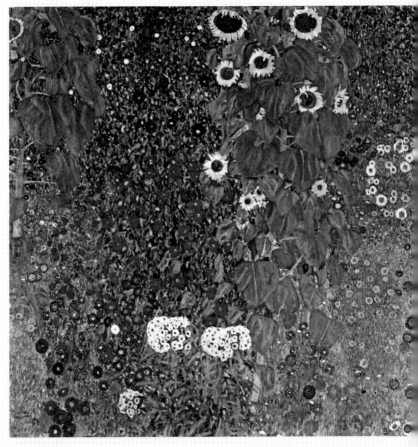

구스타프 클림트,
〈아델레 블로흐-바우어의 초상〉,
1907년,
캔버스에 유채,
노이에 갤러리 소장

가족이
있음에
감사하십시오

❀

가족은 소중합니다.

참 소중합니다.

세상에서 가족보다 더 따뜻하고 소중한 것은 없습니다.

❀

세상 사람 모두가 등을 돌릴 때에도,

내가 가장 낮은 곳에 임할 때에도,

어쩔 수 없이 세상의 끝자락에 서 있을 때에도

가족이라는 따뜻한 힘이 있기에
우리는 다시 일어설 수 있었습니다.
그러므로 가족이란 우리 인간의 그 어떤 수식어로도
표현될 수 없습니다.
굳이 표현하라면 가족은 '내 안의 나'입니다.

그런데 우리는 가끔
가족의 소중함을 망각한 채 살아갈 때가 많습니다.
때로는 지친 삶에 가려
가족들이 잘 보이지 않을 때도 있지만,
끝까지 가족을 지키기 위해 묵묵히 그리고 열심히
가족의 울타리를 만들어 가는 가족들을 생각하면
때로는 서로에게 무한한 감사를 느끼게 됩니다.

가끔 인생의 무게 때문에 삶이 지치고 힘들 때는
주저앉고 싶지만,
가족이 있기에 다시 일어설 수 있었습니다.

❀

때로는 거센 물살에 부딪치며 살아가는

가족들의 뒷모습에서,

슬픈 현실을 바라볼 때도 많았지만,

거센 물살을 향해 상류로 올라가는 연어의 몸짓처럼

끝까지 자신의 가정을 지켜온 부모님이 계시기에

다시 힘을 내어 도약할 수 있었습니다.

❀

가정은

나의 모든 실수와 허물을 가려주는 유일한 곳입니다.

가족들의 온기에 위로를 받는 곳입니다.

가족은 우리가 가장 사랑하는 삶의 원초적인 존재입니다.

늘 사랑과 행복이 피어나는 만발한 꽃밭과도 같은 곳,

가족들의 환한 웃음이야말로

세상에서 가장 행복하고 아름다움입니다.

❀

그동안 잊어버리고 살았던 가족의 소중함과

나의 존재를 다시 한 번 생각하고,

가족의 숨결이 느껴지는 그것 하나만으로도

오늘 하루도 우리는 감사하면서 살아가야 합니다.

테레사 수녀가 노벨상을 받던 날 기자가 그녀에게 이런 질문을 했다.

"세계 평화를 위해서 가장 긴급한 것은 무엇이라 생각합니까?"

테레사는 머뭇거리지 않고 이렇게 말했다.

"세계 평화를 위해서 가장 긴급한 것은 우리 모두가 빨리 집으로 돌아가서 가족을 사랑하는 일입니다."

그렇다. 우리가 생의 꿈을 꾸며 살아야 하는 이유가 바로 사랑하는 가족이 있기 때문이다. 우리는 살아가면서 슬픔의 눈물, 고통의 눈물, 아픔의 눈물을 흘린다. 그 눈물을 닦아주는 것도 가족이고, 그 눈물을 멈추게 해 주는 것도 가족이다. 가족이라는 울타리가 있기에 슬픔과 고통, 아픔을 이겨낼 수 있는 것이다. 외롭고 고독한 길을 걸어갈 수 있는 것도 누구보다 마음을 독려해 주는 가족들이 있기에 가능한 것이다. 가족 때문에 웃을 수 있는 것이다.

우리가 잊어버리며 살아왔던 가정이라는 따뜻함이 얼마나 소중하고, 가족들과 함께 호흡하며 지내는 순간순간의 삶이 얼마나 큰 행복인지…… 이것이 가장 아름다운 삶이다.

가족이 내 옆에 있다는 것은 축복이다. 더 사랑하고 위로하며 살아가야 할 이유이다.

Part 4

행복은
노력의 결과입니다

아내를
사랑하면
행복해집니다

"아내는 나의 동료요 친구요, 인생의 반려자이다.
그리고 평생을 함께해야 하는 동반자이다.
아내는 남편의 인생에 빛을 밝혀준 사람이다."

이 말에 공감하는 남편들은 얼마나 될까?

나는 가끔 생각해 본다. 대부분의 남편은 자신의 아내가
"티가 없고, 주름이 없는 인격의 소유자"가 되기를 원한다.
그게 가능할까? 가능하다. 그것은 남편이 아내를 자신의 몸
처럼 사랑하면 된다. 그럴 때 아내의 마음은 티 없고, 주름

이 없어진다. 아내의 얼굴을 화사하게 예쁜 얼굴이 되게 하는 것도 화장품과 성형이 아니라 남편의 사랑이다. 사랑이 아내의 가슴에 맺힌 응어리를 풀어주고 상처를 낫게 하는 묘약이다.

아내는 남편에게 사랑을 받을 때 인격이 완성되고 삶에 만족을 느낀다. 남편의 사랑이 여자를 완성시키는 것이다. 아내는 부속물이 아니다. 집에서 밥하고 청소나 하는, 아이만 키워주는 주모나 파출부가 아니다. 아내는 또 하나의 소중한 나이며, 생명의 유업을 같이 나눈 소중한 존재다. 평생을 같이 할 동반자이다.

인디언의 글 중에 이런 말이 있다.

"우리는 더 이상 비를 맞지 않으리라.
서로가 서로의 우산이 되어 줄 터이니."

짧지만 강렬하면서도 감동적인 말이다. 부부로 산다는 것은 평생 서로에게 우산이 되어 주는 일이다. 특히 남편은 아내에게 꼭 필요한 우산이 되어 주어야 한다. 그 우산은 아내를 향한 변치 않는 따뜻한 사랑과 배려이다.

당신에게 가장 행복한 시간은 언제인가? 나는 이렇게 말한다.

"아내와 함께 있을 때가 가장 행복합니다."

나는 아내와 함께 있을 때가 가장 재미있고, 즐겁고, 편안하다. 그리고 가장 행복하다. 보고 있어도 보고 싶은, 늘 함께 있어도 더 함께 있고 싶은, 평생을 그렇게 사랑하고 싶은 아내이다.

행복은 멀리 있지 않다. 행복은 아주 가까운 곳에 있다. 나와 가장 가까이에 있는 사랑하는 아내와 함께 있는 것이 가장 큰 행복이다. 그 행복 속에 아내는 죽는 순간까지 같은 방향, 같은 목표를 바라보며 가기를 원한다.

아내는 나에게 따스한 아침 햇살 같이 맞는 것임을 깨닫게 해준 여인이다. 그냥 바라만 봐도 고마운 여인이다. 그 어떠한 여자보다 아름답게 바라보아야 할 아내이다. 늘어가는 아내의 주름은 중요하지 않다. 나이도 중요하지 않다. 지금의 모습 그대로를 사랑해 주어야 하는 고마운 여인일 뿐이다. 인생의 추억을 같이 만들어갈 아름다운 여인이다.

헤어진 아내를 그리워하며

❀

오늘은 당신의 모습을 생각하며

'여보'라고 크게 한번 불러보았어.

애절한 목소리는 빈 허공을 맴돌기만 했다.

❀

견딜 수 없을 만큼 당신이 보고 싶다.

여느 평범한 아내처럼

당신도 그렇게 행복하게 살았어야 했는데,

나 때문에 당신과 아이들의 희생이 너무 큰 것 같아,

오늘은 견디기 어려울 만큼 많이 아프다.

틈틈이 일기를 써 보지만 채워지는 것은

아무것도 없는 것 같다.

❀

당신이 내 옆에 있을 때

잘하는 것이 평범한 삶의 진리였는데,

그 단순한 진리를 알지 못하며 살아온 지난 삶이

너무 후회스러워.

❀

여보!

'여보'라고 부르고 싶어.

마냥 부르고 또 부르고 싶어.

지금 내가 부르는 이 소리를

당신이 듣고 대답만이라도 할 수 있다면

죽어도 소원이 없겠다는 생각도 들지만,

당신은 너무나 멀리 떨어져 있어.

❀

첫눈에 반한 당신에게 좋은 남편이 되겠다고

당신과 결혼했는데……

긴 세월 살아오면서 나의 부족함 때문에

당신의 마음을 아프게 한 것,

지금 생각해 보니 얼마나 바보 같은 짓인지,

때로는 당신 가슴에 영원히 치유될 수 없는 상처를

남기게 했던 것도 그렇고,

당신에게 상처를 주면서도 그걸 몰랐던 나를 용서하고

눈물로 그 상처를 스스로 치유했던 당신을 생각하면

내 마음이 찢어질 듯 아프기만 해.

미안해, 여보. 정말 미안해!

여보! 당신을 정말 사랑했어.

구스타프 클림트,
〈음악〉,
1895년,
캔버스에 유채,
뮌헨 노이에 피나코테크 소장

남편을
존중하면
행복해집니다

대부분의 남자는 아내가 유순하고 정숙한 마음가짐으로 대해 주기를 원한다. 그리고 남편들은 아내에게서 "당신을 존중합니다"라는 말을 가장 듣고 싶어 한다. 이런 남자들에게 여자들은 가부장적이라 말을 하지만, 남자들은 결혼생활에서 심리적 안정감을 원한다.

가장으로서 가계를 책임져야 하는 심리적 부담감, 직장생활에서 받는 스트레스, 사회에서의 지위 등등 모든 것이 남자에게는 무거운 짐이다. 그러나 아내의 한마디, "사랑한다"는 말은 무거운 짐을 지고 가는 남편에게 안정감과 행복감을 갖게 한다. 남편을 인정해 주고, 높여 주며, 존중해 주는 것은 어렵지 않다. 남편에게 관심을 가져주는 것이다.

그러나 결혼을 하고 시간이 지나 세월의 잎사귀가 떨어지면 아내들은 남편에게 너무 익숙해져 있어 무관심으로 대하는 경우가 있다. 곁에 있으면 귀찮게만 느껴지는 마음, 점점 남편에 대한 사랑의 감정이 메마르게 된다. 그러나 간단한 스킨십은 메마른 감정에 촉촉함을 더해 줄 수 있다. 다시 존중하는 마음을 가지면 오늘도, 내일도, 날마다 그리워하는 그리움의 풍경이 될 수 있다.

인생은 지혜가 필요하다. 남편이나 아내나 익숙해져 있을수록 더욱 존중할 수 있는 지혜가 필요하다. 남편을 소중하게 여기고 그의 감정을 이해하려고 노력하는 지혜 말이다. 남편을 남편으로 인정해 주고, 남편이라는 울타리가 무너지지 않도록 해 주는 것이다.

부부란 나이만 먹어가는 삶이 되어서는 안 된다. 시간이 지날수록 와인처럼 조금씩 익어가는 삶이 되어야 한다. 행복의 원천으로서 부부의 아름다운 관계를 맺어가는 대상이 되어야 한다. 조금은 유치하게 생각될지도 모르겠지만 나이를 먹어도 부부는 '동화 속 부부'처럼 매일 착각하며 살아가야 한다. 동화 속의 주인공 부부가 모든 역경을 함께 이겨내며 오순도순 알콩달콩 그렇게 살아가는 삶 말이다. 그럴 때 먼 훗날 그 시절의 아름다운 추억들을 생각하며 깊어가는 밤만큼 두 사람의 사랑도 더욱 깊어질 것이다.

부부란 각자의 인생, 수십 년을 따로 살다가 하나가 되어 오직 한곳만을 바라보며 한 몸의 인생을 살아가는 작지만 아름다운 공동체이다. 그러므로 살아가다 보면 조건 같은 것은 하나둘씩 사라지게 된다. 서로 배우고 맞추며 조금씩 바뀌어 가는 것이 축복된 결혼생활이라는 것을 깨닫게 되는 것이다. 세월이 흐른 뒤 비로소 깨닫게 되는 인생의 이치처럼 말이다.

아내가 남편에게 처음 사랑에 빠졌을 때처럼 그의 부족한 부분들을 덮어주면서, 때로는 좀 섭섭하고 서운한 마음이 든다 할지라도 더 따뜻하게 안아 주고 존중해 줄 수 있다면 남은 생애는 훨씬 더 행복한 삶이 될 것이다. 부부는 서로에게 존재의 근거가 되기 때문이다.

거듭해서 말하지만, 남편들이 가장 행복해할 때는 아내에게 존중을 받을 때이다.

"당신을 만난 것이 축복입니다."

"당신이 내 곁에 있다는 것이 내가 살아가는 이유입니다."

"당신은 앞으로도 내가 더 사랑하고 존중할 수밖에 없는 영원한 내 남편입니다."

"당신 때문에 웃고, 당신 때문에 감사합니다."

언제나 이런 아내의 따뜻한 말을 들을 수 있다면 지금 남편은 이미 최고의 남편이 된 것이다.

끝내 돌아오지 못한 남편을 그리워하며

🌸

고통의 눈물 다 씻겨내지도 못하고

사랑의 아픔만 남긴 채

결국 그렇게 떠나간 당신.

누가 뭐래도 나에겐 사랑의 의미를 갖게 해준

당신이었는데

함께 살면서 어려운 일이나 힘든 일이 생길 때마다

당신의 웃음 덕분에 늘 사랑의 힘으로

모든 것을 극복할 수 있었지요.

당신이 곁에 있을 땐 고맙고 소중한 줄 모르고 살다가

이제야 당신 없는 빈자리가 너무도 커서

가슴이 무너지듯 아프네요.

당신이 떠난 후 참 많이 아파 많이 울었지만,

그래도 당신을 사랑할 수 있어서 참 행복했어요.

당신에 대한 미안함과 끝없는 후회가 두렵기만 하네요.

참 많이 후회했는데도 앞으로도 후회하면서

살아야 할 시간이

마음의 짐으로 남아 나를 짓누를 것 같아

그대에게, 왜 사느냐고 묻는다면

더 무섭고 두렵기만 하네요.

⟡

그래도 아내인 내가 당신을 남편으로 더 존중해 주고

더 채워줬어야 했는데

내 감정대로 대하고 말하고, 더 이상 갈 곳 없이 비참해진

당신에게 보상받으려 했어요.

나의 잘못들로 그것이 당신에게 상처가 된다고는

전혀 생각지도 못했던 나의 어리석음을 용서해 주세요.

당신의 모든 상실감을 이해하지 못하고

내 감정대로 말하고 행동했던 것이 원망스럽기만 해요.

⟡

못된 나 때문에 당신이 밖으로 내몰려 힘없이 걸어가는

당신의 뒷모습을 보면서 목이 멜 때가 참 많았어요.

또 다른 사랑의 힘으로 얼마든지 극복할 수 있었는데

내가 미련하고 속이 좁아 당신 혼자서 얼마나 마음 아프고

외롭고 힘들었을까요?

주말 아침마다 커피 끓여 갖다 주면서

이만하면 괜찮은 남편 아니냐고 물었지요.

그래요, 당신은 괜찮은 남편이었어요.

아니, 참 좋은 남편이었어요!

그런데 이제는 그 소리를 어디서 들어요?

자주 내 손을 살며시 잡아주던 당신의 손길이

보이지 않을 때 난 어떡해요!

돌이켜 보면 외롭고 힘들 때마다

한결같이 내 곁에 있어 준 당신이었는데

이제 당신을 놔줄게요.

이제는 편히 보내줄게요.

지난 세월 나 때문에 고통스럽고 힘들었으니까,

당신도 이제는 세상의 무거웠던 짐들과 그 고통의 멍에를

다 벗어버리고 마음껏 한번 날아 봐요.

몸은 차가워도 영혼이나마 따뜻한 하늘나라에서

행복했으면 좋겠어요.

더 이상 외로움과 슬픔 그리고 아무런 고통이 없는 곳에서

이제 편히 쉬세요.

당신 때문에 여전히 아프고 슬프지만,

이제는 영원히 당신을 사랑한다고 말할 수 있을 것 같아요.

영원히 내 마음속에서 당신을 지울 수 없을 테니까요.

사랑해요.

부모를
잘 모셔야
행복한
인생이 됩니다

우리는 부모의 은혜와 사랑 그리고 희생을 입고 자랐다. 그러므로 부모에 대한 공경은 인간 최고의 도덕이요 윤리이다. 우리는 부모에게 많은 빚을 졌다. 그중 큰 빚은 부모로부터 생명을 얻은 것이다. 그러므로 우리는 우리의 혈관 속에 부모의 피가 흐르고 있다는 사실을 잊어서는 안 된다.

요즈음 시대가 많이 변해서일까? 가끔 가슴 아픈 소리가 들려온다.

"누가 날 낳으라고 했습니까? 젠장……."

부모의 가슴에 대못을 박는 말이다. 자식이 부모에게 언성을 높이는 일은 옛날에는 상상할 수 없었다. 그런데 요즘은 부모에게 언성을 높이며 대드는 자녀가 많아졌다. 참으로 안타까운 일이다.

효(孝)라는 한자는 자식이 노인을 업고 가는 모양의 글자이다. 이 뜻은 나이 드신 부모를 자식이 업었다는 의미이다. 그러므로 효는 추상적이거나 관념적인 것이 아니라 노년에 부모를 업고 다닐 정도로 잘 공경해야 한다는 의미이다. 그래서 인륜(人倫)의 도리 중에서 효(孝)를 가장 으뜸으로 삼는다. 때문에 효는 가정을 유지하게 하는 기본 덕목이 되는 것이다.

이런 의미에서 볼 때 부모와 떨어져 사는 것은 바른 효라고 볼 수 없다. 물론 현대사회에서 부모와 떨어져 살아갈 수밖에 없는 것이 현실이지만, 어쨌든 부모를 떠나서 돈으로 효를 대신하는 것은 진정한 효가 될 수 없다. 참다운 효는 가능한 자녀들이 부모와 가까이 있으면서 자주 찾아보는 것이다. 자신도 나중에 부모가 되기 때문이다. 자녀들을 보고 싶을 때 보지 못하고, 만지고 싶을 때 만질 수 없다는 것이 얼마나 큰 설움이고 견디기 힘든 일인지 자녀들은 알아야 한다. 이것이 부모의 소박한 마음이다.

어떤 무명작가는 현대인들의 부모에 대한 태도를 시로 이렇게 표현했다.

과자봉지 쥐고 와서 아이 손에 들려주며
부모 위해 고기 한 근 사줄 줄은 모르는가?

제 자식의 대소변은 두 손으로 주무르며
부모님의 흘린 침은 비위 상해 밥 못 먹고

개가 아파 쓰러지면 가축병원 달려가도
늙은 부모 병이 나면 노환이라 생각하네

열 아들을 하나같이 부모님이 길렀건만
열 형제가 한 부모를 어이하여 못 섬기나

부모의 마음은 늘 그렇다. 자식이 아무리 전화를 많이 해도 언제나 "우리 딸", "우리 아들" 하면서 단 한 번도 짜증을 내지 않는다. 반갑게 전화를 받아 주는 유일한 분이다. 옛

구스타프 클림트,
〈키스〉,
1907~1908년,
캔버스에 유채,
오스트리아 미술관 소장

어른들의 말씀처럼, "부모가 살아 계실 때 잘해 드려야 한다." 이는 이유와 변명이 필요 없다. 부모가 살아 계실 때 잘해 드려도 죽고 나면 더 잘해 드리지 못한 것에 대한 후회가 남게 된다. 하물며 부모가 살아 계실 때 잘 못 해 드렸다면 평생 후회와 짐으로 남게 된다.

우리는 부모를 바라보면서 오랫동안 내 곁에 계실 것으로 생각한다. 부모의 생일 때 보면 대부분 이렇게 말한다.

"내년에는 꼭 멋진 생일상 차려 드릴게요!"

어찌 보면 아무 의미가 없는 말이다. 인생에는 기약이 없기 때문이다. 내가 걷지 못했을 때 나의 두 손을 잡고 걷게 해 주셨고, 아플 때 뜬눈으로 밤새워 간호해 주셨던 부모…… 그 부모가 석양에 접어들었다. 이젠 힘없는 부모의 손을 잡고 걷게 해드려야 하고, 쓸쓸하지 않게 곁에 있어 주어야 한다.

시간은 우리를 기다려 주지 않는다. 부모의 사랑에 보답하는 것은 미뤄서는 안 된다. 지금이 중요하다. "철들고 나니 우리 부모님이 이미 이 땅에 안 계십니다"라는 후회는 하지 말아야 한다. 부모의 사랑은 인간의 한계를 뛰어넘는

사랑이다. 그 사랑을 받은 사람으로서 이제는 그 사랑으로
부모를 사랑해야 한다.

❀

언제나 울타리 같았던 아버님 어머님!
늘 가족만을 생각하시며
묵묵히 사랑의 울타리가 되어 주셨습니다.
하지만 저희는,
그 울타리의 고마움을 모르고 살아왔습니다.

❀

힘들어도 힘들다고 말씀 한 마디 하지 못 하시고
언제나 속으로만 삼키시며 끝까지 그 울타리를 지켜 주신
아버님 어머님,
언제나 한결같으셨기에 당연하게 여겼던 부모님의 사랑,
이제는 알 것 같습니다.
세상에 부모 없이 태어난 사람이 없다는 것도
비로소 오늘 알게 되었습니다.

저희가 잘못을 했어도,

언제나 조용히 세월을 기다려 주셨던 아버님 어머님,

이제는 부모님의 그 심정을 참 많이 알 것 같습니다.

어느새 작아져 버린 부모님을 위해

이제는 저희가 아버님 어머님의 울타리가

되어 드리고 싶습니다.

저희 어릴 때 부모님은 모든 것의 시작이었고 끝이었습니다.

이제는 한세월 저 건너편의 추억이 되어

빛바랜 흑백사진처럼 희미하지만,

여전히 저희의 심정은 애잔합니다.

아버님, 어머님 사랑합니다.

그리고 고맙습니다.

그대에게, 왜 사느냐고 묻는다면

자녀에게
인성을 심어주어야
행복한
인생이 됩니다

자식은 부모의 꿈이고 희망이고 보람이다. 하루 24시간 삶의 활력소가 되는 비타민 같은 존재다. 세상의 모든 부모는 자녀들이 건강하게 자라서 성공해 행복한 가정을 이루기를 소망한다. 그러나 자녀들이 그렇게 되기 위해서는 부모의 역할이 중요하다. 자식은 부모의 거울이다. 부모가 행복하게 살아가는 모습을 보고 자녀도 그렇게 살아가기 때문이다.

특히 어린아이들은 항상 새로운 눈으로 사물을 바라보면서 자란다. 그들에게는 순수함과 신비함이 있다. 그 맑고 순수한 눈에 행복한 삶이 무엇인지를 보여 주는 것이 중요하다. 그리고 성장하는 아이들에게 굳이 출세와 성공을 따로 가르칠 필요가 없다. 행복을 가르쳐 주면 성공과 출세는 따라오기 때문이다.

그렇다면 그 행복을 찾아 주는 가장 근본적인 교육이 무엇일까? 바로 인성교육과 인생교육이다. 어릴 때부터 인격이 바로 형성되도록 이끌어 주어야 한다. 바른 인격이 좋은 인간관계 및 대인관계를 맺게 하기 때문이다. 이것이 인생에서 가장 소중한 자산이 된다.

이 세상에 자기 자식을 사랑하지 않는 부모는 없을 것이다. 자식을 위해서라면 목숨도 아끼지 않을 만큼 부모는 자식을 사랑한다. 그러므로 자식은 존재하는 그 자체만으로도 부모에겐 이미 위대한 선물이 되어 버린 것이다. 그러나 자식을 통한 행복은 절대로 그냥 주어지지 않는다. 항상 발견하고 노력하면서 찾아 나서야 한다.

그런데 의외로 자녀들에게 가장 많은 고통을 주는 사람이 때로는 부모일 때가 있다. 부모가 자식을 사랑하지 않아서가 아니라 자식을 가르치는 지식과 사랑하는 지혜가 부족하기 때문이다. 자식을 사회 환경에만 맞추어 가르치려 하기 때문이다. 그러기에 앞서 부모는 자녀가 따뜻한 감정을 가질 수 있도록 부모의 사랑을 잘 전해 주려는 지혜와 그 사랑으로 세상과 이웃을 사랑하면서 살아가도록 가르치는 지혜를 갖추어야 한다.

지금 많은 부모가 학교 교육을 비판하고 있다. 기대했던 만큼의 학교에서의 인성교육이 제대로 되지 않고 있기 때문이다. 하지만 자녀 교육은 학교에서 다 이루어지는 것이 아니다. 교육의 근원은 가정에서부터 시작된다. 즉, 부모로부터 시작된다는 것이다. 그러므로 먼저 가정에서부터 부모가 사랑하는 지혜와 방법 그리고 사랑하는 기술을 가르쳐 주어야 한다. 이것이 인성교육의 시작이다. 지금의 교육은 높은 성적을 내어 좋은 대학에 가는 것만이 인생의 전부인 것처럼 가르치고 있다. 이는 성공만을 위한 교육일 뿐이다. 그런 교육에는 사람의 도리와 인간의 됨됨이를 찾아볼수 없다. 따뜻한 마음과 사랑, 이웃을 돌아보는 너그러움을 찾아볼 수가 없다.

부모는 자녀의 인생에서 주연이 아니라 조연이라는 것을 잊어서는 안 된다. 그러나 부모는 자신이 주연이라고 착각

한다. 그래서 막상 주연인 자녀가 스스로 날개를 퍼덕이며 마음껏 날아갈 수가 없는 것이다.

이민 1.5세대인 김용 세계은행 총재가 오늘에 있기까지는 부모의 가치관 교육에서 비롯되었다고 한다. 그는 하버드 대학에서 의학박사와 인류학박사 학위를 받았다. 그는 하버드 의과대학 교수로 재직하면서도 남미와 아프리카 지역에서 결핵과 에이즈와 싸우는 소외된 자들을 위해서 끊임없는 봉사 활동을 해 왔다. 치과의사였던 아버지와 철학박사였던 어머니는 마틴 루터 킹 목사의 전기를 읽어주며 "너는 누구인가?" 물으며 "사람은 위대한 일에 도전해야 된다"라고 끊임없이 격려해 주었다고 한다. 그가 아시아인 최초로 세계은행 총재가 될 수 있었던 가장 큰 이유는 실력 이상으로 부모의 훌륭한 인성교육이 있었기 때문이다.

자녀들에게 바른길로 잘 가르치면 나이가 들어서도 그 길을 떠나지 않는다. 자녀가 스스로 이루고 싶은 꿈을 찾을 수 있도록 도와주는 일은 부모의 책임이다. 부모의 사랑을 통해 세상과 이웃을 사랑하면서 살아가도록 가르쳐야 한

그대에게, 왜 사느냐고 묻는다면

다. 자녀들이 아름다운 인생, 행복한 인생, 꿈의 나래를 펼칠 수 있도록……

아빠가 딸에게 보내는 편지

❀

너무 보고 싶다.

이 세상에 딱 둘밖에 없는 내 딸들아!

너희가 너무너무 보고 싶구나.

1년 365일 언제나 너희는 이 세상에서 가장 예쁜 꽃보다

더 예쁘고 사랑스러운 내 딸들이었지.

❀

때로는 투정을 부려도 내 딸들이기에 귀엽기만 했고,

신경질을 내도 아빠의 딸이기에 모든 것이 사랑스러웠지.

그런데 정말 미안하구나.

한창 아름답고 예쁘게 자라야 할 때,

그리고 아빠가 꼭 필요한 이때 너희 곁에

구스타프 클림트,
〈아기(요람)〉,
1917~1918년,
캔버스에 유채,
개인 소장

함께 있어 주지 못해서

아빠는 정말 가슴이 아프단다.

❀

너희가 학교에 가는 것만 봐도 가슴이 뛰었고,

너희의 교복 입은 모습을 보면 역시 예쁜 내 딸이라고

아빠는 늘 생각했지.

밥 먹는 모습만 봐도, 깔깔거리며 웃는 모습만 봐도

아빠의 입은 마냥 벌어지곤 했단다.

너희 때문에 아빠는 언제나 행복했고,

아빠는 늘 꿈을 꾸며 살았단다.

❀

지난날 어려운 일로 인해 힘들어하고 있던 아빠에게

언제나 가장 큰 힘이 되어 주었던 내 딸들, 다희와 다영아!

너희가 친구들에게 따돌림당하면 어쩌나,

학교 성적이 좋지 않아 혼자 고민하고 슬퍼하면 어쩌나

아빠는 참 많이 걱정했단다.

✿

내 딸들, 다희야! 다영아!

너희는 아빠의 분신이고 흔적이야.

내 몸에 새겨진 지문처럼 그렇게 새겨져 나온 거야.

너희가 이 세상에 태어나서 아빠의 유일한 흔적이

되었다는 사실 하나만으로도

아빠는 평생 전율을 느끼며 벅찬 가슴을 안고

살아갈 수 있어.

바로 그것이 아빠가 존재하는 이유야.

✿

부르고 불러도 또 부르고 싶은 내 딸들아!

그런 너희 옆에 함께 있을 수도,

갈 수도 없는 지금의 현실이 한없이 슬프고 힘들구나.

아빠의 자리에 아빠가 없는 공간을

채워주지 못하는 것도 무척 미안하고,

항상 너희 곁에 있으면서

너희의 큰 버팀목도, 넓은 울타리도 되어 주지 못하는 것도

가슴이 아프구나.

그렇지만 아빠의 마음은 그래.

너희가 언제, 어디서, 누구와 무엇을 하든지

어떻게 살아가든지

항상 웃으며 기쁘고 즐겁고 행복하게 살아갔으면 좋겠어.

너희의 행복이 곧 아빠의 행복이니까.

나를
사랑하는 것이
행복입니다

❀

때로는 나 자신이 미울 때가 있습니다.

"난 왜 이렇게 못났지?" 하고

소리를 버럭 지를 때도 있습니다.

문득 내 이름을 부르는 순간

눈물이 왈칵 쏟아질 때도 있습니다.

살아가면서 우리 모두가 한 번쯤은 경험하는 일들입니다.

❀

그런 나 자신이 밉고 가여울 때는,

나 자신의 있는 모습 그대로를 받아들이세요.

그동안 느껴 보지 못했던 나에 대한 존중감이

생길 것입니다.

나를 사랑하지 않았기 때문에 내가 미웠던 것입니다.

이제부터라도 자신을 사랑해 보세요.

그럴 때 나를 향한 사랑은 원망 없이

모든 모욕도 감수할 수 있게 될 것입니다.

❀

우리는 다른 사람들에게는 관대하면서도

나 자신을 미워할 때가 너무 많습니다.

자신에게도 관대해 보세요.

때로는 내가 실수하고 잘못한 일이 있다 할지라도

나만은 내 편이 되어야 합니다.

나 스스로를 아껴주고 사랑해야 합니다.

나에게 만족함이 없으면 절대로 나를 사랑할 수 없습니다.

❀

자신을 소중히 여기세요.

자신을 소중하게 여기지 않으면
그 누구도 당신을 소중히 여기지 않습니다.
스스로에게 많이 응원해 주세요.
날마다 응원해 주세요. 그리고 축복해 주세요.
그래야 내가 살아갈 수 있습니다.

❀

살아가면서 왜 힘든 일이 없겠습니까?
때로는 내 자신이 참 불쌍하다는 생각이 왜 안 들겠습니까?
그렇다고 너무 슬퍼하지 마세요.
너무 괴로워하지도 마세요.
힘든 세상 속에서 고군분투하는 내 자신이
너무 불쌍하잖아요.

❀

너무 힘들 땐 자신의 이름을 부르며 "사랑해"라고
한번 말해보세요.
두 손으로 가슴을 꼭 껴안으며 "○○야(아), 사랑해!"라고
말해보세요.

자신의 이름을 부를 때

자기에게 가장 가까이 다가갈 수 있습니다.

내 자신을 사랑하고 있다고 느껴질 때

비로소 자신이 행복하다는 생각이 들 것입니다.

❀

정말 중요한 것은 내가 행복해야 합니다.

내가 행복해야 주변 사람들이 함께 행복해지는 것입니다.

내가 행복해야 남을 행복하게 만들어 주는

능력을 지니게 됩니다.

행복한 나를 통해 그들은 유익을 얻게 되며,

더불어 행복을 느끼며 살아가게 됩니다.

그러려면 먼저 나를 사랑해야 합니다.

❀

힘든 문제들 속에서 정답을 찾으려고 헤매지 마세요.

헤매면 그 문제밖에 보이지 않습니다.

지금의 힘든 시간들은

잠시 멈춘 시간의 일부분일 뿐입니다.

어차피 나에게 주어진 운명적인 삶의 굴레를
지워버릴 수는 없습니다.
말 그대로 운명이라 생각하고 극복해 나가야 합니다.
운명은 극복하는 것입니다.
때로는 그 운명까지도 사랑해야 합니다.
그래야 나를 더 사랑할 수 있습니다.

❀

자신의 가치를 높이 평가해 주세요.
그럴 때 자신의 소중한 가치를 만들어 갈 수 있습니다.
나만을 생각하는 이기주의가 되라는 것이 아니라
자신의 삶을 행복하게 지키기 위해서입니다.

❀

가끔 자신에게 박수를 쳐 주세요.
여기까지 달려온 자신을 위해 힘껏 박수를 쳐 주세요.
그동안 너무 많이 수고했다고.
그리고 이 정도면 지금 잘하고 있다고 격려도 해 주세요.
어느 순간,

자신이 참 행복한 사람이라는 것을 깨닫게 될 것입니다.

❀

스스로를 존중해 주세요.

가끔 자신에게 존칭어도 써 주세요.

"나는 지금 밥을 먹겠습니다."

"나는 좀 있다 일하러 갈 것입니다."

이러면 괜스레 힘이 나기도 합니다.

때로는 자아도취에서 행복을 얻기도 합니다.

행복은 내가 살아가는 이유입니다.

❀

무엇보다도 중요한 것은

스스로 자신을 잘 대접하는 것입니다.

가끔 비싼 음식도 사 먹으세요.

그리고 즐거워하세요. 행복해집니다.

즐거운 것보다 더 중요하고 행복한 것은 없습니다.

돈 몇 푼 아끼겠다고 허구한 날 싸구려 음식만 먹지 마세요.

자신이 싸구려 존재는 아니잖아요.

가끔 친구들을 불러서 맛있는 것도 사 주세요.

친구들을 위해서가 아니라 자신을 위해 그렇게 써 보세요.

기뻐하는 친구들의 행복 속에서

나눔의 기쁨을 깨닫게 될 것입니다.

자신의 존재를 인정해 주는 사람이 있다는 것이

중요합니다.

그게 나를 위하는 일입니다.

그리고 나를 사랑하는 것입니다.

앞으로 나를 더 많이 사랑할 수 있는 비결이기도 합니다.

가끔 자신의 열등감을 들여다보세요.

"나는 못 한다"가 아니라

"잘할 수 있다"라고 격려를 해 주세요.

자신을 인정해 주세요.

그리고 자신감이 넘치는 자신만의 고유한 것을 찾아보세요.

그래도 내가 있어 세상이 돌아가고 있다고 생각하세요.

'나'라는 소중한 사람이 있다는 것을 잊지 마세요.

때로는 자신이 존재하고 있다는 것을 모르고
살아가기 때문에 자신이 불행하다고 생각하는 것입니다.

❀

내가 이 세상에 태어난 것은
사랑받기 위해 태어난 것입니다.
〈당신은 사랑받기 위해 태어난 사람〉
이 노래를 자주 불러 보세요.
내가 누구인지를 금방 알게 될 것입니다.
왜 살아야 하는지, 어떻게 살아야 하는지,
삶이 얼마나 소중하고 아름다운 것인지,
금방 알게 됩니다.

❀

그렇습니다.
우리 모두는 사랑받기 위해 태어난 참 소중한 존재입니다.
자신을 많이 사랑하세요.
내가 아름다운 존재라는 것을 한시라도 잊어버리지 마세요.
자신을 사랑하는 것이 가장 큰 행복입니다.

Part 5

삶은 과정이
더 중요합니다

용서하면서
살아가야
행복합니다

호랑이가 새끼사슴에게 말했다.

"너, 왜 시냇가의 물을 다 흐려 놓았어?"

"저는 냇가 아래쪽에서만 물을 먹었는데요."

"이 자식, 말이 많아!"

다시 호랑이가 물었다.

"너, 작년에 왜 내 동생을 때렸어?"

"저는 올해 태어났는데요."

"이 자식이 어디서 꼬박꼬박 말대꾸야!"

호랑이는 곧바로 힘없는 새끼사슴을 잡아먹어 버렸다.

142

시치미를 뚝 떼고 말이다.

이 예화에 등장하는 호랑이처럼 말도 안 되는 억지를 부리는 사람들이 있다. 우리는 살면서 이런 사람들에게 상처를 받거나 피해를 보는 일을 경험하기도 한다. 때로는 그것이 평생 용서가 되지 않는 경우도 있다.

용서! 용서하지 못하는 것은 스스로 정한 잘못된 기대치 때문에 생기는 분노 때문이다. 물론 용서할 수 없는 사람을 용서한다는 것은 결코 쉬운 일이 아니다. 상처를 받아 슬픔에 젖어 있는 사람으로서 상대방이 용서하기 전에 용서하기란 쉽지 않을 것이다. 그러므로 용서란 구하기도 베풀기도 어려운 것이다. 용서란 마음속에 있는 모든 응어리가 완전히 풀어질 때에만 가능하기 때문이다. 그리고 용서는 상대방을 위해서 하는 것이 아니라 자신을 위해서 하는 것이다. 상대방을 용서해야만 비로소 자신의 삶이 자유로워질 수 있기 때문이다.

에이브러햄 링컨(Abraham Linclon)이 변호사로 활동할 때 자신을 '애송이 시골뜨기'라고 모욕하며 놀려댔던 에드윈 스탠턴(Edwin Stanton)이 있었다. 그는 대통령 선거에 출마한 링컨에게 깡마르고 무식한 사람이라고 자주 비난을 했고, 링컨이 대통령에 당선되었을 때는 국가적 재앙이라며 독설을 퍼부었다.

링컨은 매일 기도를 했다.

"나를 힘들게 하는 사람을 어떻게 대처를 해야 합니까?"

대통령이 된 링컨은 참모들의 반대에도 불구하고 스탠턴을 국방부 장관에 임명했다.

"용서하지 못하는 사람을 마음속에서 없애야 합니다. 사명감이 투철하고 능력이 있는 스탠턴은 국방부 장관에 적임자입니다."

1865년 4월, 링컨이 암살당했을 때 가장 많이 울고 슬퍼했던 사람은 놀랍게도 에드윈 스탠턴이었다.

성서에 나오는 베드로는 "악을 악으로 갚거나 욕을 욕으로 갚지 말고 도리어 축복하십시오"라고 말했다. 악을 악으로 갚지 아니하고, 욕을 욕으로 갚지 아니하고 오히려 축복해 주는 삶을 산다면 이미 우리는 행복한 삶을 살아가고 있는 것이다.

그렇다면 왜 우리는 용서하지 못하는 것인가? 대부분의 사람은 상대방을 증오하고 보복하려는 적개심을 갖고 있다. 그래서 증오하고 보복하는 것이 소명이나 권리인 것처럼 생각한다. 또한 용서는 용서하지 못하겠다는 감정을 없애려고 하면 할수록 더 살아나는 특성이 있다. 그러므로 그 상황 속에서 빨리 빠져나오는 것이 가장 현명한 방법이다. 그중 가장 좋은 방법은 여행을 하는 것이다. 여행하면서 인생을 뒤돌아볼 수 있는 시간을 가질 수 있기 때문이다. 즐겁고 힘들었던 순간들을 상기하며 "인생이 무엇인가? 도대체 왜 사는가? 무엇 때문에 사는가?" 스스로에게 질문을 하게 되고, 그 질문들 속에서 순간 용서하지 못했던 증오들이 하나둘씩 소멸하는 것을 느낄 수 있을 것이다.

사실 우리는 상대방의 허물이나 잘못을 감추어 주고 용서해 주는 데 참 인색하다. 그리고 많이 서툴다. 용서는 마음이 넓어서 하는 것이 아니다. 삶 자체를 그대로 받아들이는 태도이다. 이는 체념하는 것도 아니고, 포기하는 것도 아니다. 상대방의 입장을 이해하려고 노력하는 것이다. 이것이 인간이 갖고 있는 최고의 사랑을 나타내는 것이다.

간음한 여인이 있었다. 그 당시 하느님을 가장 잘 섬긴다는 자칭 의인들이었던 율법주의자들과 바리새인들이 그 여인을 예수 앞으로 끌고 왔다. 그리고 말했다. "이 여인은 간음을 하다가 현장에서 붙잡혔습니다. 모세는 율법에서 이런 자들을 돌로 쳐 죽이라고 했습니다. 당신은 어떻게 하겠습니까? 정말 돌로 치는 것이 마땅하지 않겠습니까?" 말을 마치고 그들이 돌을 그 여인에게 던지려고 할 때 예수는 땅에 웅크리고 앉아 글씨를 쓰기 시작했다. 땅에 글씨를 쓰신 잠깐의 시간은 많은 변화를 가능케 하는 시간이었다. 바리새인들의 화는 조금씩 가라앉기 시작했고, 예수의 답을 구하는 기다림도 있었다. 얼마간의 시간이 지난 후 예수는 이렇게 말씀하셨다. "누구든 죄 없는 자가 돌로 쳐라!" 한참 동안 침묵의 시간이 흘렀다. 결국 그들은 들고 있던 돌을 버리고 하나둘씩 그 자리를 떠나갔다. 진정한 용서가 무엇인지 우리에게 많은 생각을 하게 한다.

우리가 살아가면서 싫은 사람이 얼마든지 있을 수 있다. 미운 사람도, 피하고 싶은 사람도, 정말 만나고 싶지 않은 사람도, 때로는 처절하게 복수 혹은 저주해 주고 싶은 사람도 분명히 있을 것이다. 지금 이 시간에도 나에게 온갖 상처와 아픔, 고통을 주며 나를 괴롭게 하는 사람이 있을 것이다. 하지만 문제는 그 사람을 용서하지 못해 같이 미워하고 복수한다면 해결되는 것은 아무것도 없을 것이다.

기억하자, 단 한 번의 용서만이 우리의 과거를 바꿀 수 있다는 것을. 용서는 내가 살아가기 위한 궁극적인 수단이요 미래에 대한 희망이라는 것을. 그리고 내 인생이 파멸되지 않기 위한 최선의 선택이라는 것을. 내가 행복해야 비로소 행복은 존재한다는 것을.

❀

용서는 내가 행복해지는 것입니다.

그 사람을 용서하지 못하면,

가장 괴로운 사람은 나 자신입니다.

물론, 용서하는 것은 말처럼 그리 간단하고

쉬운 일은 아닙니다.

사람의 감정 중에 제일 어려운 것이

남을 용서하는 일입니다.

그렇다고 용서하지 못하는 분노의 짐을 나 홀로 지고,

평생을 그렇게 살아갈 수는 없습니다.
그 전에 내가 먼저 죽을 수도 있기 때문입니다.
용서하지 못하고 끝까지,
마음속에 억울함과 분노의 상처를 안고 있으면
어느새 나도 그 사람의 원수가 되어 버립니다.

용서가 안 된다고 두 주먹을 불끈 쥐고 분노하지 마세요.
차라리 두 손 모으고 기도하는 편이 훨씬 낫습니다.
기도하는 자가 훨씬 더 강한 자입니다.
용서와 화해를 미루지 않는 용기를 달라고
간절한 마음으로 기도해 보세요.
나의 어리석음으로 그에게 큰 상처와 피해,
그리고 큰 고통을 주었다고 먼저 인정하고
기도를 해 보세요.
나의 부족함과 부끄러움을 드러내는
용기를 달라고 말입니다.

구스타프 클림트,
〈생명의 나무, 브뤼셀의 스토클레 저택의 장식벽화를 위한 초안〉,
1905~1909년,
판지,
오스트리아 응용미술관 소장

❀

그래도 용서가 안 되면 몸부림을 쳐 보세요.

몸부림을 쳐 보아도 안 되면 울부짖어보세요.

어느 순간,

그를 용서하고 있음을 깨닫게 될 것입니다.

❀

지금 당장 용서를 못하겠다면,

언젠가는 용서를 하겠다는 결단이라도 일단 내리세요.

이성적으로는 안 되면 감정적으로라도 해 보세요.

언젠가는 용서하는 날이 올 것이라고 말입니다.

나도 모르는 사이에 그를 서서히 용서하고 있다는 것을

알게 될 것입니다.

❀

용서하는 순간 모든 관계회복은 물론,

나 자신을 새롭게 변하게 하는

놀라운 능력이 나타나게 됩니다.

용서하는 순간부터 나는 행복한 사람이 될 것입니다.

그대에게, 왜 사느냐고 묻는다면

편하게 잠이 들 수 있습니다.

내가 행복하게 살기 위해서는 용서는 무조건 해야 합니다.

베풀면서
살아야
행복해집니다

　세상에는 두 가지의 중력이 있다. 지구의 중력과 마음의
중력이다. 사람의 마음의 중력 안에는 또 다른 이기심의 중
력이 존재한다. 그것은 자신만의 이익을 꾀하게 하면서 나
아가 자신만을 위해 끝없이 채우려는 욕망에 사로잡히게
한다. 이런 이기심의 중력에 붙잡히게 되면 인간은 순식간
에 추한 사람으로 변해 버리게 된다.

　사람이 자신의 존재 가치를 가장 깊이 깨닫고 보람을 느
낄 때가 언제일까? 그것은 바로 남을 위해 살 때이다. 그러
므로 사람의 존재 가치는 성공이나 물질 같은 외적 요소에

서 나타나는 것이 아니라 얼마만큼 베풀면서 살았는가에서 나타난다. 사람은 세상을 위해 존재하는 것이 아니라 그 세상 안에 있는 이웃을 위해 존재하기 때문이다.

몇 년 전 아내와 함께 미국의 한 뷔페식당에서 저녁을 먹고 있었다. 30대 후반쯤으로 보이는 젊은 백인 부부가 어린 아이들을 데리고 들어왔다. 아이들은 5살, 7살, 9살 정도 되어 보이는 남녀 아이들이었다. 그런데 그 아이들은 한국 아이들처럼 보였다. 백인 부부가 아이들을 입양해 키우고 있구나 라고 생각했다. 놀라운 것은 세 명의 아이 모두 뇌성마비 장애인이었다. 제대로 몸도 가누지를 못하는 세 아이에게 백인 부부가 땀을 흘려가며 음식을 먹여주는 장면은 나와 아내에게는 충격으로 다가왔다.

자녀가 필요해서 입양을 해야 한다면 얼마든지 백인 아이들도 많이 있었을 텐데 왜 한국의 아이들이었을까? 한국의 아이가 좋아서 입양했다면 이해할 수 있다. 그런데 왜 뇌성마비 아이들을 선택했을까? 그것도 한 아이도 아닌 세 아이씩이나 말이다. 세상에서는 도저히 있을 수 없는 광경이 우리 눈앞에서 벌어지고 있었다. 우리는 그 부부에게 다가가 물어보고 싶었다. 하지만 아이들에게 음식을 먹이는데 방해가 될 것 같아 다가가지 못했다.

아직도 세상에는 이렇게 아름다운 천사 같은 사람들이 있다는 현실이 우리를 참 따뜻하고 행복하게 했다. 나는 아직도 그때의 감동을 잊을 수가 없다. 위대한 사람만이 위대한 인생을 사는 것이 아니라는 사실을 깊이 깨달았던 시간이었다.

이 땅에는 나의 손길과 도움을 받아야 하는 연약하고 소외된 사람들이 아직도 많이 있다. 그들의 고통과 슬픔에 조금이라도 관심을 가져줄 수 있다면, 그들을 마음으로 품어줄 수 있는 사람들이 많아진다면 얼마나 좋을까. 우리는 이렇게 말한다.

"앞으로 내가 잘살게 되면, 그때 가서 많이 나누고 베풀겠습니다."

정말 우리에게는 보장된 내일이 있을까. 그것은 아무도 알 수 없다. 우리에게는 지금만이 살아 숨 쉬는 시간이다. '내일'은 기약할 수 없는 날일 뿐이다. 그러므로 지금이 중요하다.

어떤 회장님이 했던 말씀이 생각난다.

"베풂을 모르는 부자는 부자가 되어 봤자 재벌밖에 더 되겠는가."

모아둔 돈을 다 쓰지도 못하고 죽는다는 의미이다. 자신만을 위해 사는 사람을 아름다운 사람이라고 말하지 않는다. 비록 삶이 어렵다 할지라도 작은 것이라도 베풀면서 살아가는 삶이 아름다운 인생이다. 그 작은 실천이 나에게 큰 행복을 선물하게 될 것이다.

우리가 베풀다 보면 내 안에 있는 이기심은 사라지게 된다. 그리고 어느 순간 자비심을 발견하게 된다. 그 자비심을 발견하는 순간 긍휼한 마음이 생기게 되며 그로 인해 세상을 바라보는 눈이 따뜻하게 바뀌게 된다. 테레사 수녀처럼 말이다. 사실 테레사가 우리보다 그렇게 위대한 사람은 아니다. 우리도 베풀면서 살다 보면 그런 경지에 이를 수 있다.

베푼다는 것은 내가 살아 있음을 느낄 수 있는 유일한 행위이다. 인간으로 살아가고 있다는 느낌을 가지면서 말이다. 세월 속에 묻혀 그저 시간이 흘러가는 대로 살아가는 삶은 아름다운 삶이 아니다. 인간의 존재 가치를 느끼면서 살아가는 것이 의미 있게 살아가는 삶이다.

영화배우 차인표와 신애라 부부, 가수 션과 정혜영 부부, 탤런트 김혜자 씨 등은 소외된 사람들에게 베풀며 사는 아름다운 사람들이다. 사실 그들이 하는 일은 대단한 일이 아니다. 지극히 당연한 일이다. 당연히 그렇게 살아야 하는 사람들이 그렇게 살아가고 있는 사람들을 대단하게 보고 있는 것이 오히려 기이한 일이다.

심지어 어떤 사람들은 그들을 향해 조롱하며 비웃기도 한다. 하지만 분명한 것은 그들은 '사람이 이 세상에 태어나서 무엇을 하면서 살아가야 하는지, 어떻게 살아야 가치 있고 의미 있는 삶인지'를 분명히 아는 멋진 사람들이다. 짧은 인생을 아름답게 살면서 늙어가는 것도 마음 아픈데, 평생 자신만을 위해 살다가 일생을 마치면 얼마나 더 마음이 아프겠는가!

지금 우리가 소유하고 있는 모든 것은 순간뿐이다. 우리의 삶은 찰나의 삶이다. 그래서 소유는 별 의미가 없다. 베풀며 살아가는 삶이 가치 있으며, 찰나의 삶을 행복하게 살아가는 것이다. 나의 시간과 재능 등을 타인과 나누며 사는 것이다. 내가 갖고 있는 것으로 남을 위해 사용할 수 있다는 것은 행복 중에서 가장 큰 행복이다. 이것이 나의 가치를 나타내며 살아가는 아름다운 행동이다.

구스타프 클림트,
⟨자작나무⟩,
1903년,
캔버스에 유채,
개인 소장

겸손한 삶에
행복이
깃듭니다

미국 프로농구에는 농구 천재라고 불리는 사람이 많다. 월트 체임벌린, 매직 존슨, 찰스 바클리 등등. 지금은 레이커스의 코비 브라이언트와 마이애미의 르브론 제임스가 맹활약하며 농구 천재로 인정을 받고 있다. 하지만 아직 농구의 황제로 불리는 사람은 마이클 조든밖에 없다. 그 이유는 그의 실력뿐만 아니라 인간성이 좋기 때문이다.

미국 프로야구에서 홈런을 제일 많이 친 선수는 배리 본즈다. 물론 약물복용으로 인해 그의 홈런을 100퍼센트 평가해 주지는 않고 있지만, 인간성이 좋지 않기 때문에 더욱 평가를 받지 못하고 있다. 프로야구 SK 이만수 감독이 나에게 이런 말을 한 적이 있다. "제가 미국 프로야구 시카고 화이트삭스에서 코치로 활약하면서 미국의 거물급 선수와 감독 그리고 코치들의 사인을 거의 다 받았습니다. 저는 이 모든 것을 기증해서 언젠가는 한국에서 야구 박물관을 꼭 만들고 싶습니다. 그런데 유독 사인을 받지 못한 선수가 한 명 있습니다. 바로 배리 본즈입니다. 그 선수 아주 성격이 독특하던데요."

마라도나도 축구의 천재라고 불린다. 그러나 그에게도 축구의 황제라는 칭호를 붙여 주지는 않았다. 인간성이 좋지 않기 때문이다. 성격이 난폭해서 기자들을 때리고, 화도 잘 내고, 아내를 폭행하고, 마약을 하는 등 행실이 불량하다. 이런 그를 누가 좋아하겠는가?

그런데 좋은 인간성과 인격을 갖춘 축구 선수가 있다. 그는 브라질의 펠레 선수다. 세계인들은 축구 실력과 함께 겸손한 인격을 갖춘 그를 축구의 황제로 부르고 있다. 그는 은퇴 후 브라질의 체육부 장관이 되었으며, 대통령 출마까지 거론되었지만 정중히 사양하고 브라질의 축구 발전을 위해 헌신하는 삶을 살아가고 있다.

세상에는 천재가 많다. 그러나 황제는 단 한 사람이다. 황제와 천재는 하늘과 땅 차이다. 스포츠 선수든, 연예인이든, 정치인이든 겸손하지 못한 사람은 절대로 롱런할 수 없다. 팬들의 사랑도 오래가지 못한다. 그들은 누구 때문에 인기를 누리며 사랑을 받는지 모르고 있는 것이다. 인기와 권력은 결코 자신 것이 아니다. 잠시 임대받은 것과 같다. 또한 인기와 권력은 종착지가 아니다. 잠시 잠깐 목적지에 도달하기 위한 수단일 뿐이다. 인기와 권력은 추풍낙엽처럼 떨어지는 아주 허무한 것이다.

사회는 보편적으로 갑(甲)과 을(乙)의 관계로 이루어져 있다. 그러나 이는 구조 관계일 뿐이다. 올바른 인간관계에서는 갑이 아니라 을만 있을 뿐이다. 그런데 사람들은 갑처럼 행동하려 하고, 상대방을 무시한다. 외모보다, 능력보다, 재력보다 더 중요한 것은 그 사람의 인간성이다. 한마디로 겸손이다. 대부분의 사람은 겸손한 사람을 더 선호한다. 왜 그럴까? 그런 사람하고 함께 있으면 마음이 편하기 때문이다. 톨스토이도 "겸손한 사람은 모든 사람에게 호감을 산다"고 했다. 겸손해야 사랑이 지속되고 행복해지는 것이다.

우리는 살면서 "당신이라는 존재가 별로 유쾌하지 않네

요." "당신과 함께 있으니 불편하네요"라는 말을 듣지 않아야 한다. 그리고 살면서 나타내지 말아야 하는 것은 교만과 거만이다. 교만은 패망의 길로 안내하는 지름길이기 때문이다.

겸손은 살아가면서 가장 중요한 덕목이요 시대와 종교를 초월하는 가치이다. 그리고 겸손은 서로를 이어주는 능력이 있다. 서로 하나가 되게 한다. "네가 낮춤을 받거든 높아지리라"는 말이 있다. 아무리 천한 대우를 받거나 때로는 굴욕을 당한다 할지라도 겸손한 자는 반드시 높아지게 된다는 뜻이다. 내가 겸손할 수 있는 유일한 길은 인격적인 사람이 되는 것이다. 그럴 때 자신의 가치가 높아지게 된다.

〈꽃보다 할배〉를 연출한 나 PD는 사춘기 때 아버지로부터 많은 잔소리를 들었던 말이 "항상 겸손하라"는 말이었다고 한다. "공부하라"는 말보다 "겸손하라"는 말을 더 많이 들었다고 한다.

겸손하게 사는 사람은 인생을 잘 사는 사람이다. 멋있게 살아가는 사람이다. 시장에서 콩나물 파는 아주머니라도 인품 있는 아주머니가 있고, 돈 많은 기업의 회장이라도 인품

이 형편없는 사람이 있다. 인격은 곧 그 사람의 성품이다.

겸손은 무조건 자신을 낮추는 것이 아니다. 자신이 남보다 낫다거나 못하다고 생각하는 것도 아니다. 《명심보감》에 '만초손 겸수익(滿招損 謙受益)'이란 말이 있다. '지나치게 많아 넘치면 손해를 입게 되고, 겸손한 곳에는 언제나 이로움이 있다'는 뜻이다. 즉, 진정한 실력을 갖추고서 자신을 낮추는 일이야말로 최고의 덕이라는 말이다.

인생,
너무 힘들게
살지 마십시오

❀

세상살이가 힘든 게 인생입니다.

살아가면서 끊임없이 겪게 되는 크고 작은 고통의

아픔들이 바다만큼 많은 것이

우리의 인생입니다.

❀

인생에는 늘 파도라는 게 있습니다.

우여곡절도 많이 있습니다.

그러나 우리가 고통스러운 순간에도 절대 좌절하지

않을 수 있는 것은

고통이라는 깊이가 있기 때문입니다.

즐거움은 순간이 지나면 금세 잊히지만

고통은 그로 인해 깨닫게 되기 때문입니다.

인생의 깊이를 가장 잘 깨달을 때가 바로 역경을 이겨낼

때입니다.

살아가면서 일이 뜻대로 안 된다고

너무 고뇌에 빠질 필요는 없습니다.

너무 많이 생각하고 계획하고 고민하고 끙끙 앓으면서

살아갈 필요가 없습니다.

잠을 못 잘 이유도 없습니다.

어차피 인생이란 내 계획대로 다 펼쳐지는 게 아닙니다.

하지만 마음을 조금만 바꾸면,

세상이 바뀌는 이치를 알게 됩니다.

너무 많이 힘들 땐 새벽 인력시장에 한번 나가 보세요.

그대에게, 왜 사느냐고 묻는다면

구스타프 클림트,
〈장미가 있는 과수원〉,
1911~1912년,
캔버스에 유채,
개인 소장

밤이 낮인 듯 총성 없는 전쟁터를 보게 될 것입니다.

"아하! 내가 이렇게 살아서는 안 되겠구나!"

또 다른 삶의 의욕을 얻게 될 것입니다.

때로는 죽고 싶다는 생각이 들 때가 있습니까?

그럴 땐 병원에 가 보세요.

내가 버리려고 했던 목숨을 그들은 처절하게 지키려고

발버둥 치고 있습니다.

인간 존재의 나약함과 마지막 통로를 보게 될 것입니다.

사람은 죽을 고비를 넘겨 보아야 생명의 소중함을

알게 됩니다.

그들의 소원은 단 한 가지입니다.

건강을 회복해 가족들과 함께 시간을 보내는 일입니다.

인생을 고통스럽다고만, 죽고 싶다고만 생각하지 마세요.

물론, 오늘 밤 잠자리에 들면서 '영원히 안 일어났으면

좋겠다'라는 생각이 들 때도 있겠지요.

그래도 견딤의 시간을 갈망, 또 갈망하세요.

❀

죽고 싶을 땐 자신보다 더 힘든 사람들을 바라보세요.

사람은 행복하려고 태어났습니다.

자살은 불행의 끝이 아닙니다.

행복을 끝내려고 하는 것이 불행의 시작입니다.

❀

아무리 죽을 것 같이 힘들어도 일어나려는 의지를 갖고

아픔을 견디다 보면,

희망의 시간은 반드시 오게 되어 있습니다.

그래도 많이 힘들 땐 참지 말고 그냥 목 놓아 펑펑 우세요.

한참을 울다 보면 깨닫는 것이 있을 것입니다.

'잠깐 스쳐 가는 것이 인생'이라는 것을 말입니다.

❀

인생이 힘들기에 때로는 삶을 실감할 수도 있는 것입니다.

삶을 실감할 수 있다는 것이 얼마나 감사한 일인가요?

아직도 내가 살아 있다는 것입니다.

169

❀

그래도 힘들 땐 모든 것을 내려놓고 여행을 떠나 보세요.

무수한 사람을 만날 수 있습니다.

수많은 풍경을 볼 수도 있습니다.

세상을 다른 방향으로 바라보게 될 것입니다.

내가 얼마나 소중한 존재인지를 깨닫게 될 것입니다.

내가 보지 못했던 또 다른 세상이 나를 위로해 줄 것입니다.

❀

인생을 너무 바쁘게 살지 마세요.

뭐가 그리 바쁜가요? 누구를 위해 그렇게 바쁜가요?

그래서 무얼 그리도 많이 얻었던가요?

하찮은 일에도 바쁜 척하며 살아가는 사람이 참 많습니다.

그렇게 바쁜 사람 옆에는 사람들이 잘 모이지 않습니다.

세상은 천천히, 늘 똑같이 돌아갑니다.

자신을 위한 쉼을 가지세요.

❀

욕심을 좀 버리세요.

많은 것을 갖겠다고 처절하게 살지 마세요.

지금 내 삶이 힘든 것은 다 욕심 때문입니다.

인생은 세게 쥐면 쥘수록 빠져나가는

손안의 모래알과 같습니다.

욕심을 버리면 어렵고 힘든 일들이 하나하나씩 사라집니다.

인생의 무게가 훨씬 더 가벼워집니다.

❀

과거 때문에 후회하지 마세요. 너무 속상해하지도 마세요.

과거의 실수는 아무리 후회해도

이제는 아무런 소용이 없습니다.

소득 없는 시간, 그저 낭비일 뿐입니다.

과거는 과거일 뿐이며, 흔적일 뿐입니다.

앞으로 닥쳐올 일도 걱정하지 마세요.

그건 그때 가서 생각해도 늦지 않습니다.

❀

어쩌면 웃음보단 흘린 눈물이 더 많은 게

우리의 인생일 수도 있습니다.

하지만 힘들다고 인생을 동굴로 생각하지 마세요.

터널이라 생각하세요. 터널은 끝이 있습니다.

그러나 주저앉아 버리면 동굴이 되어 버립니다.

그래도 인생이 너무 힘들다고 생각이 들면

이렇게 외쳐보세요.

"인생, 뭐 있나!"

순간의 감정에 흔들리지 말고

하루를 열심히 사는 데 집중하세요.

때로는 가볍고 편안한 마음을 가질 필요가 있습니다.

밤하늘의 별들이 아름다운 것은

캄캄한 밤하늘의 배경이 있기 때문입니다.

우리의 삶이 아름다울 수 있는 것은

어렵고 힘든 현실 속에서도 소망을 잃지 않기 때문입니다.

비록 오늘이 힘들지만 내일이 아름다운 이유는

내가 바라는 것들이

내일 거기에 있을 거라고 믿기 때문입니다.

❀

오늘 행복하고 내일 더 행복할 수 있다는 희망만 있다면,

이 세상 그 무엇도 부럽지 않습니다.

오늘의 절망이 내일에는

기쁨과 희망이 될 수 있다고 믿고 살아가기에

지금 살아 있음이 행복인 것입니다.

❀

자주 웃고 자주 미소를 지으세요.

그리고 마음껏 웃어도 보세요.

끝없는 바다와 하늘 같은 여유로움이 생길 것입니다.

멋진 삶은 언제나 멋진 이유를 갖고 있습니다.

그래도 생각보다 아름다운 것이 우리 인생입니다.

Part 6

아름다운 관계가
삶을 따뜻하게 합니다

건강한
자존감이
자신을
행복하게 합니다

우리가 살아가면서 좋은 인간관계를 맺기 위해서는 먼저 자신을 돌아보아야 한다. 특히 자신에 대한 자존감을 갖는 것은 무엇보다도 중요하다. 그 차이는 있겠지만 사람은 누구나 열등감을 갖고 있다. 그 열등감 때문에 자신을 비하하는 삶을 살아가서는 안 된다. 차라리 자신의 부족한 부분을 인정하고 자신에 대한 자부심을 갖는 것이 좋다. 즉, 자신을 존중하며 스스로를 높여주는 것이다. 자신에게 적극적으로 사랑을 표현하고 자신의 좋은 장점들을 부각시키며 인정해 나가는 것이다.

이런 건강한 자존감을 가진 사람들은 자기애가 깊다. 그들은 대체적으로 자신에 대해 만족한다. 자신을 과장하거나 과시하지도 않는다. 교만하지 않으면서도 자신감이 넘치는 당당함으로 주변 사람들의 기분을 좋게 하는 능력이 있다. 인간관계가 매우 좋다. 또한 그들은 매사가 긍정적이고 미래를 향한 기대와 희망을 갖고 살아간다.

그러나 열등감에 사로잡혀 자신을 비하하는 사람은 결코 다른 사람을 유익하게 해 줄 수 없다. 상처로 인해 이미 내면이 비뚤어져 있기 때문이다. 이들은 상대방을 인정하기보다는 먼저 비난하며 공격을 한다. 그러면서 자신의 열등감을 감추고 자신이 우월하다는 것을 나타내려고 한다. 또한 자신의 부족이 들어날까 봐 다른 사람과 대화도 기피한다. 결국 그들은 자신에 대한 혐오감으로 더 깊은 좌절을 맛보게 된다.

우리가 열등감에서 벗어나는 길은 자기 자신을 인정하고 사랑하는 것이다. 그럴 때 따뜻한 마음을 가질 수 있고, 행복한 삶으로 나아갈 수 있다.

우리는 생각의 중심과 문제의 핵심을 다른 사람, 곧 타인에게서 찾으려 하지 말고 '나'에게서 찾아야 한다. 위로와 격려, 인식과 이해의 대상도 먼저 '나'로부터 시작되어야 한다. 즉, 인간관계를 맺는데 있어서 가장 중요한 것은 나 자신의 마음자세와 태도에 있는 것이다. 먼저 자신을 사랑할 줄 알아야 한다. 자신을 사랑할 때 다른 사람을 사랑할 수 있는 것이다. 자신을 존귀하게 여겨야 다른 사람도 존귀하게 여길 수 있는 것이다. 자신의 마음조차도 보듬지 못하는데 다른 사람을 품는다는 것은 불가능한 일이다. 내가 먼저 등불이 되어야 다른 사람을 밝은 빛으로 인도할 수 있는 것이다.

그러므로 우리는 늘 내면의 소리를 들으며 끊임없이 나 자신을 찾아 나서야 한다. 앤드류 매튜스(Andrew Matthews)는 "자신을 사랑하는 방법을 배우는 것이야말로 세상에서 가장 위대한 사랑"이라고 했다. 그렇다. 자신을 미워하거나 업신여기지 않고, 자신을 사랑하는 사람이 행복하게 살아갈 수 있으며 다른 사람도 사랑하며 살 수 있는 것이다.

물론 사람들마다 행복을 추구하는 요소들은 조금씩 다를 수 있다. 소중한 가치의 기준도 얼마든지 다를 수 있다. 하지만 분명한 것은 절대로 자신의 가치를 낮추어서는 안 된다는 점이다. 최대한 높이 평가해야 한다. 그럴 때 나를 사랑할 수 있는, 나의 소중한 가치를 스스로 만들어 나갈 수 있는 능력이 생기는 것이다. 또한 다른 사람을 따뜻하게 품어줄 수 있는 마음의 도량도 생기게 된다.

소크라테스가 왜 "너 자신을 알라"고 했을까? 우리가 살아가면서 세상과 싸우며 살아가는 것도 중요하지만, 먼저 자신과의 싸움에서 이기는 것이 훨씬 더 중요함을 깨닫게 하기 위해서 아닐까.

소중한
만남은
축복을
선물합니다

발전한 세상이 우리에게 훨씬 편하고 좋은 것이 많은 것은 사실이지만, 여전히 무엇인가 허전함이 있다. 그 이유는 사람과 사람 사이의 물리적인 거리가 가까워진 만큼 마음의 거리, 인간관계의 거리는 오히려 더 멀어지고 있기 때문이다. 이것은 첨단 기술 발달이 만들어 놓은 산물이다. 세계는 더 가까워졌지만, 사회적 연결 고리가 없는 고립 상태는 정신적, 육체적 건강에 심각한 영향을 끼치고 있다.

인간은 고립된 공간에서는 살아갈 수 없다. 감정을 나누며 서로 이야기할 수 있는 사람이 필요한 것이다. 공동체

안에서 서로 어울리며 사랑하며 살아가야 한다. 이것은 부정할 수 없는 인간의 본능이다. 비록 상대방이 불편하고 싫어도, 서로 껄끄럽고 어색해도 어차피 인간은 함께 한 공간에 머물며 살아갈 수밖에 없는 존재다. 서로에게 영향을 주고받는 존재다.

잠시 생각해 보자. 내 마음에는 누가 있으며, 누구를 만나고 있으며, 누구와 동행하고 있는지를. 지금까지 우리가 만났던 사람들 중에 쉽게 떠오르는 사람은 자신의 마음을 따뜻하게 해 주었던 사람, 궂은일에 함께 걱정해 주었던 사람, 기쁨을 서로 나누었던 사람, 서로를 아끼며 함께 축복 기도를 해 주었던 사람일 것이다. 정말 그 사람들이 자신에게 의미 있는 사람들이었다면, 마음 깊은 곳에 여전히 그들의 따뜻함이 자리 잡고 있을 것이다.

우리는 지금도 그런 관계를 만들어 가고 있을까? 지금은 따뜻한 마음을 나눌 수 있는 사람이 그리운 세상이다. 지금도 그런 사람들이 내 옆에 있을까?

문화부 장관을 역임했던 이어령 교수는 이렇게 고백했다. "나는 실패한 삶을 살았습니다. 그 이유는 나에게는 친구

구스타프 클림트,
〈희망 II〉,
1907~1908년,
캔버스에 유채,
피셔 파인아트사 소장

가 없기 때문입니다. 지금까지 나는 늘 나의 그림자만 보면서 살아왔습니다. 동행자 없이 정신없이 여기까지 달려왔습니다. 그래도 주위에 몇몇의 동행자가 있는 줄 생각했는데 나중에 알고 보니 모두가 다 경쟁자였습니다. 동행자가 없었다는 것은 사랑에도 실패했다는 의미이지요."

그는 세상 어느 것 하나 빠질 것 없이 훌륭하게 살아온 사람이다. 그런데도 인간관계에서는 실패했다고 스스로 고백했다. 그리고 많은 후회를 했다. 그렇다. 동행자가 없다는 것은 참 슬픈 일이다. 관계를 통해 얻는 행복이 중요하기 때문이다. 자신의 주위에 동행할 사람이 많은 사람은 성공한 삶이요 축복된 삶이다.

사람들은 대부분 자기중심적이며 자기 주도적이다. 그래서 자신의 시각으로만 상대방을 바라보는 경향이 있다. 자기에게는 너그러우면서 남에게는 인색하다.

그러나 좋은 인간관계는 서로 의식을 나누는 데서 이루어진다. 의식이란 상대방의 지식과 감정 그리고 의지 전부를 포함한 것이다. 그런 의식을 서로 나누어야 한다. 그럴 때 비로소 상대방이 내 안에 거할 수 있고, 때에 따라서는 내가 상대방 마음속에 들어갈 수 있는 것이다.

물론 우리가 관계를 맺으면서 때로는 상대방을 이해하기도 힘들고, 사랑하기도 어려울 때가 있다. 하지만 우리는 그 사람의 있는 모습 그대로를 받아들일 줄 알아야 한다. 내가 의도적으로 그 사람을 변화시키려고 해서도 안 된다. 상대를 변화시켜 자신의 즐거움과 만족을 취하려는 것은 아주 나쁜 이기심에서 나오는 자기 욕심이기 때문이다.

우리의 인생길에는 내 마음에 꼭 맞는 사람은 이 세상 어디에도 없다. 나 자신도 마찬가지이다. 내 말과 행동이 때로는 상대방의 마음을 상하게 할 수 있다. 그러므로 먼저 내가 상대방을 대하는 마음과 자세를 고치려는 것이 중요하다.

인간관계가 어떤지에 따라 나의 삶뿐만 아니라 운명까지도 얼마든지 바뀔 수 있다는 것을 기억하자. 살아가는 동안 비록 적을 수도 있겠지만, 소중한 것들로 가득 채워 가자.

그대에게, 왜 사느냐고 묻는다면

사랑의
눈을 뜰 때
행복이
찾아옵니다

사람은 누구나 행복하기를 원한다. 하지만 행복은 누구에게나 찾아오지 않는다. 행복은 원해서 얻어지는 게 아니라 찾아야 하기 때문이다. 그럼 우리가 원하는 행복은 어디에서 찾을 수 있을까? 사랑이다.

자신에게 유익한 삶을 포기하고 아프리카에서 불꽃처럼 살다가 생명을 바친 한국의 슈바이처 박사라 불리는 이태석 신부는 사람이 사람에게 꽃이 될 수 있다는 것을 보여 준 분이다. 그는 사람들에게 사람이 이 땅에 태어나서 어떻게 살아가는 것이 아름다운 삶인지를 몸소 보여 준 분이다.

기자들은 그에게 이렇게 질문했다.

"한국에도 가난한 사람이 많은데 왜 아프리카까지 가게 되었습니까?"

"나도 잘 모르겠습니다. 다만, 내 삶에 영향을 준 아름다운 사랑의 향기가 있었기 때문입니다. 나는 어릴 적 집 근처에 있는 고아원에서 신부님과 수녀님들의 사랑과 헌신을 보면서 자랐습니다. 나도 그런 사랑을 꼭 하고 싶었습니다."

사랑이란 어떤 환경과 어려운 상황 속에서도 상대방을 배려해 주는 것이다. 상대방의 마음을 이해하고 그 사람의 처지에서 생각해 주는 것, 어떤 환경이나 조건이든 상대방의 행복을 위해서 헌신해야겠다는 마음이다. 계산하는 사랑은 사랑이 아니다. 그것은 이기주의에서 오는 자기 욕심일 뿐이다.

우리는 때로 사랑하기가 참 힘든 사람을 만날 때가 있다. 그런 사람을 사랑하는 것은 비생산적이라고 말한다. 그리고 사랑을 하면서도 상대방을 변화시키려는 사람들도 있다. 이해하기보다는 "왜 당신이 먼저 변하지 않느냐?"며 추궁한다.

사랑은 상대방을 고치는 것이 아니다. 무조건 내가 변하는 것도 아니다. 그냥 주는 것이다. 그리고 더 잘해 주지 못해서 미안해하는 것이다. 자신의 욕구를 채우는 수단도 아니다. 여기에서 얻어지는 것은 아무것도 없다. 그러므로 사랑은 무조건 주는 것이다. 상대방의 유익을 위해 무조건 주는 것이다. 이와 반대로 사랑은 받는 것으로 생각하며 투쟁하는 사람은 참 불행한 삶을 살아가는 사람이다.

사람은 사랑의 힘으로 살아가는 존재다. 비록 사랑이 좀 더디게 피어오른다고 할지라도 사랑하면 결국 상대방은 변하게 되어 있다. 그에게 더욱 사랑으로 대할 때 그 사랑으로 그는 변하게 되는 것이다.

소설가 서영은 씨는 사랑이란 치러 내는 것이라고 말했다. 사랑이라는 추상명사를 동사로 풀이하면 "치러내다" "감당하다"가 된다는 것이다. 왜냐하면 상대방은 가만히 있는 인형이 아니라 끊임없이 움직이는 생명체이기 때문에 그 생명체의 발버둥까지 감당해 주어야 한다는 것이다. 즉, 더 강한 사람이, 더 사랑하는 사람이 잡혀주는 것이 사랑이라는 말이다.

사랑은 그런 것이다. 그래서 사랑은 그 사람을 위해 오래

참고, 온유하며, 시기하지 않는다. 자랑하지도 교만하지도 않는다. 절대로 무례하지 않으며 자기의 유익도 구하지 않는다. 성내지도 않고 악한 것을 생각하지도 않는다. 불의를 기뻐하지 않고 함께 기뻐하며 모든 것을 믿으며 모든 것을 바라며 모든 것을 견디는 것이다. 이런 사랑으로 상대방에게 유익을 주는 것이 진정한 사랑이다.

좋은 인간관계는 상대방을 존귀하게 여기는 데서 나타난다. 여기에는 자신의 태도와 가치관까지 포함된다. 즉, 좋은 인간관계를 맺는 데에는 희생이 따른다는 것이다. 내가 더 많이 사랑하는 것이다. 내 옆에 있는 사람뿐 아니라 이웃과 공감하고 사랑을 나누는 것이다. 우리는 그들과 함께 울고 웃을 수 있기에 인생에는 또 다른 가치와 의미가 있는 것이다.

❀

내 인생의 가장 큰 의미는 언제나 내 옆에 가까이 있는
소중한 사람들입니다.
그들을 사랑할 수 있고 그들과 함께 울고 웃으며,
더불어 따뜻한 마음을 나누며 살아갈 수 있기에,

내 인생에는 또 다른 가치와 의미가 있는 것입니다.

사랑하세요.

그래도 부족하다 생각되면 더 많이 사랑하세요.

더 많이 사랑할수록 그 사랑의 표현은 깊어질 것입니다.

❀

사랑은 표현하는 것입니다.

아주 많이 표현하는 것입니다.

그리고 행동으로 옮기는 것입니다.

비록 지금 내가 가진 것이 없다 할지라도

마음만 먹으면 언제든지 줄 수 있는 것이 바로 사랑입니다.

그래서 사랑이 위대한 것입니다.

사랑을 많이 경험한 사람일수록 더 깊은 사랑을

전해줄 수 있기에 사랑이 아름다운 것입니다.

❀

진심으로 사랑하고 그 사람을 위해 축복하면,

반드시 그 사람을 얻게 되는 것이 사랑의 진리입니다.

그래서 사랑을 절망에서 솟아오르는 빛이라고 말합니다.

조건 없이 더 많은 사랑을 줄 수 있는 사람은
아주 좋은 인간관계를 맺으며 살아가는 사람입니다.
내 욕심을 줄이고 상대에게 관대함을 베풀 때
좋은 인간관계가 형성되는 것처럼,
이것은 우리가 살아가면서 마땅히 행해야 할
진리이고 철학입니다.

서로를 소중히 생각할 수 있을 때
서로가 갖고 있는 최고의 자아를 공유할 수 있습니다.
위대한 사랑은 죽음 앞에서 비로소 피어납니다.
모든 인간이 죽음 앞에서 비로소 깨닫는 것은
더 많이 사랑하지 못했다는 것입니다.

사랑은 나를 지탱하게 하는 힘이 됩니다.
세상의 부귀, 명예, 인기가
나를 지탱하게 하고 행복하게 하는 것 같지만

그것이 아닙니다.

누군가가 나를 사랑하고 있다는 사실이

내 인생을 행복하게 만들고 나를 지탱하게 하는 것입니다.

❀

시간이 흘러야 비로소 조금씩 알게 되는 것이 사랑입니다.

하지만 좀 더 미리 알 수 있다면,

훨씬 더 많은 인생을 행복하게 살아갈 수 있을 것입니다.

사랑은 누구나 할 수 있는 가장 쉬운 일이기 때문입니다.

구스타프 클림트,
〈죽음과 삶〉,
1911년,
캔버스에 유채,
개인 소장

나눔은
서로에게 따뜻함을
갖게 합니다

인간은 행복한 삶에 대한 열망을 죽는 순간까지 버리지 못한다. 대부분의 사람은 '돈이 많으면 무조건 행복할 것이다'라고 생각한다. 그러나 헨리 벤 다이크는 "돈으로 살 수 있는 행복이라는 상품은 아무것도 없다"고 말했다. 만약 돈이 행복을 가져다준다면 재벌들은 상상할 수 없는 행복을 누리며 살아가야 한다. 그런데 실상은 전혀 그렇지 않다. 물론 돈이 어느 정도 삶을 편하고 즐겁게 해 줄 수는 있다. 하지만 사람은 돈이 없어 불행한 것이 아니다. 만족을 모르는 끝없는 욕심 때문에 불행한 것이다. 그러나 많은 사람이 돈이 곧 행복이라는 공식 속에서 헤매며 살아가고 있다.

우리가 돈을 많이 버는 것은 좋은 일이다. 열심히 일해서 당연히 돈을 많이 벌어야 한다. 하지만 '왜 버는지'를 아는 것이 더 중요하다. "돈 벌어 남 주나?" "출세해서 남 주나?" "공부해서 남 주나?"라는 말이 있다. 지금도 많은 사람이 그런 의식을 갖고 있다. 이것은 잘못된 관점에서 나온 가치관이다.

세상에는 불쌍한 사람들을 도와주기 위해 돈을 버는 사람, 낮은 자를 섬기기 위해 성공하는 사람, 다른 사람을 도와주기 위해 공부하는 사람은 극히 적다. 인생의 가치는 자신의 부귀에 있는 것이 아니라 다른 사람을 도와주는 데 있다. 그러기에 "공부해서 남 주자" "출세해서 남 주자" "돈 벌어서 남 주자"라는 의식으로 살아가야 한다. 자신을 위해 쓰는 돈은 만족도 기쁨도 행복도 일시적이지만, 남을 도와주면서 얻는 행복은 세상이 주는 행복과는 분명히 다르다. 이런 인생이 멋있는 인생이며, 행복한 사람이다.

자신이 불행하다고 느끼는 것은 무엇 때문일까? 욕심 때문이다. 욕심을 버릴 때 그 순간부터 행복해지는 것이 삶의 원리이다. 그러나 사람은 그렇게 하지 못한다. 욕심으로 삶의 균형이 깨지고, 사람들도 하나둘씩 떠나간다. 삶이 삭막해지고 황폐해진다. 그리고 욕심에 눈이 멀어 이기적인 동물이 되어 버린다. 점점 "내가 무엇을 얻을 수 있을까!" "내가 무엇을 가질 수 있을까!"에 집착하며 이기심의 노예가 되어 버린다. 이것이 결국은 인류를 파멸로 이끌게 되는 것이다. 길지도 않은 인생 더 갖겠다고 싸우며 헤맬 필요가 있을까.

이와 반대로 나눔은 서로에게 따뜻함을 갖게 한다. 세상에 사랑을 심고 행복의 꽃을 피우게 한다. 세상에 균형을 맞추어 나가게 한다. 그리고 인간관계를 맺는 데에서도 주는 것만큼 큰 효과를 나타내는 것은 없다.

미국의 어떤 변호사가 자신의 수입 반을 들여 남들 모르게 불쌍한 사람들을 돕고 있었다.

그 일이 알려지자 기자들이 찾아와 그에게 이렇게 질문했다.

"언제까지 수입의 절반이나 되는 돈을 남을 위해 쓰실 것입니까?"

그의 대답은 명료했다.

"나 자신을 채우기보다는 비우고 싶습니다. 더 갖기보다는 나누어주는 삶을 살고 싶습니다."

"언제까지요?"

"사는 날까지 해야지요."

그는 인생의 가치가 무엇인지를 분명히 아는 사람이었다. 사람이 이렇게 멋지게 살아갈 수도 있다는 것을 일깨워주는 사람이다.

빌 게이츠도 그런 사람이다. 그는 2014년 블룸버그에서 발표한 세계 최고의 부자이다. 자산규모가 무려 760억 달러였다. 한화로 약 82조 원이다. 대한민국의 1년 예산의 4분의 1에 해당하는 돈이다. 2013년 대한민국의 30대 그룹 총수 및 직계 가족들이 갖고 있는 재산 49조보다도 월등히 많은 액수다. 빌 게이츠는 부인 멜린다와 부부 명의로 자선 재단을 설립해 지난해 280억 달러(30조 원)를 기부했다. 그는 〈타임스〉지와 인터뷰에서 이런 말을 했다.

"아내와 나는 우리가 운 좋게 가진 부(富)를 어떤 방식으로든지 되돌려 줄지에 대해 고민해왔습니다."

그리고 그는 한마디 덧붙였다.

"부를 대물림하지 않아서 참 행복합니다."

'준다는 것'은 다른 말로 말하면 '채운다'는 의미이다. 상대방의 빈 그릇을 채워주는 것이다. 물론 내가 알지 못하는 사람에게 준다는 것은 쉬운 일이 아니다. 작은 것부터 시작해 보면 나누는 것은 그리 어렵지만은 않다. 나눔을 통해 얻게 되는 행복과 기쁨을 느낄 수 있을 것이다.

사실 우리의 삶을 자세히 들여다보면 내 것은 아무것도 없다. 물질이나 명예, 지위나 건강, 심지어 나의 젊음조차도. 이것들은 목숨이 끝날 때 다 내려놓고 가야 한다. 우리는 그것을 알면서도 모든 것이 내 것인 양 욕심을 부리며 살아간다. 이런 삶에서는 인간의 존재적 가치를 절대 찾을 수 없다. 하지만 나의 가장 소중한 목숨도, 나에게 주어진 시간도 내 것이 아니라 이 땅에 사는 동안 잠시 관리하는 것이라는 점을 아는 사람은 세상과 이웃을 향해 나눠주는 삶을 살 수 있을 것이다.

우리는 빈손으로 이 땅에 와서 많은 것을 누리면서 살아가고 있다. 이제는 내가 촛불이 되어 소외된 사람들에게 희망을 전해 줄 차례다. 삶의 답은 희망이다. 삶의 추구도 희망이다. 서로 희망을 나누며 살아가야 한다. 인생에서 성취감을 느끼는 것도 중요하지만 보람을 느끼며 살아가는 것이 훨씬 더 중요하다.

인생 중반을 살아온 어느 회사원의 인생 고백을 들어보자.

❀

나는 내가 제법 잘난 사람인 줄 알았다.

그래서 언제나 내 인생은 무한히 열려 있고

창창한 줄로만 알았다.

그리고 영원히 자유로운 삶이 나를 기다려줄 줄 알았다.

회사에서 승승장구할 때만 해도

나는 내가 아주 유능한 사람인 줄 알았다.

나는 늘 남들보다 더 능력 있는 사람이라

스스로 자부까지 하면서 살아왔다.

❀

물론 나는 나 자신의 감정을 통제하지 못해

집단의 규율이나 사회 규범에 맞춰 생활하지 못하는

성격도 아니었다.

비록 나에게도 많은 모순과 결점

그리고 넘지 못할 장애들이 있었지만,

그래서 내 능력을 발휘하기 위해
힘들게 느껴질 때도 많았지만,
난 언제나 모든 것을 잘 극복해 나갔다.
특히 회사의 몇몇 직속상관이 마음에 들지 않아 다툴 때나,
때로는 직원들이 나를 대하는 태도가 마음에 들지 않아
화를 낼 때는 더욱 그랬다.

꽃

사람들을 대할 때도 겉으로는 웃었지만 속으로는
불편할 때도 많았다.
주위 사람들의 행동이나 말, 그리고 모든 것을 내 잣대와
내 기준으로만 판단하고 평가해 왔다.
지금에 와서 생각해 보니 직장에서 상하 수직 관계나
상명하복이 이루어지는 조직에서
인간관계를 잘 맺지 못하며 살아오지 않았나 하는
생각이 들기도 한다.

꽃

그래서인지 회사에서도, 집에 와서도,

심지어는 잠자리에 들어서도

이런저런 생각에 얽매여 잠을 제대로 이루지 못하고

뒤척이는 일이 잦았다.

아내에게 말할 수도 없었다.

이런 삶에 집착하고 빠질수록

내 마음 안에 있는 공허함과 채워지지 않는

그 어떤 부족함이 더욱 커져만 갔다.

아무것도 할 수 없었다.

그 공허함을 달래는 도피처는 술과 여자,

그리고 골프와 경마에 잠시 빠져들기도 했다.

그러나 나의 목마름은 채워지지 않았다.

❀

어느 날 깨달은 것은

그런 것들이 내 삶을 지탱해 주는 버팀목이 될 수 없다는

사실이었다.

내 욕심이 내 삶의 기쁨과 행복을 추구하는 만큼

모든 공허와 부족함을 채워주지 못한다는 것을

깨닫게 되었다.

그 후 나는 모든 욕심을 다 내려놓게 되었다.

그 순간부터 내 인생에서 힘든 일들이 하나둘씩

사라지게 되었다.

그대에게, 왜 사느냐고 묻는다면

구스타프 클림트,
〈사과나무 II〉,
1916년,
캔버스에 유채,
개인 소장

섬김은
나와 상대방을
행복하게 합니다

말기 암에 걸린 어느 40대 여인이 병상에서 눈물을 흘리며 인터뷰를 했다.

"이제는 죽을지도 모른다는 죽음의 경계선에 섰을 때, 그동안 남을 섬기지 못하며 살아온 지나온 삶이 얼마나 어리석고 후회스러웠는지 모릅니다. 아픈 내내, 치료받는 내내, 이대로 죽어서는 안 된다는 절박함이 들었습니다. 낫게 해달라고 하느님께 간절히 기도했습니다. 살려만 주신다면 이제부터 남은 생애는 덤이라 생각하고 평생을 섬기면서 살고 싶습니다."

우리는 죽음 앞에서 비로소 생명의 소중함과 겸손함을 배우게 된다. 지금 이 순간 마음껏 숨 쉬며 살아간다는 것이 얼마나 감사한 일인가. 삶에서 겪게 되는 시련과 위기에서 따뜻한 위로와 사랑으로 응원해 줄 수 있는 가족이 있다는 것, 동료들의 위로를 받으며 살아간다는 것이 얼마나 감사한 일인가. 그런데 우리는 이 사실을 간과하며 지내다 비로소 죽음의 문턱에서 그 소중함을 깨닫게 된다. 지나온 모든 삶을 후회하면서 말이다.

'섬김'은 상대방의 마음을 열게 하고 얻게 한다. 하지만 우리는 섬기는 것에 별로 익숙하지 않다. 대부분의 사람은 섬기는 것보다 섬김받는 것을 더 좋아하며, 섬김의 대상을 찾기보다 자신의 필요를 채워주는 사람을 더 찾는다. 그러나 인간관계에서 존경을 받으려면 이타적이 되어야 한다. 자신만을 생각해서는 이타적이 될 수 없다. 다른 사람을 섬기는 게 자존심이 상하는 일이라고 생각하는 사람은 절대로 다른 사람을 섬길 수 없다.

나는 매일 저녁 아내의 발을 씻겨 준다. 그때마다 아내가 얼마나 좋아하는지 모른다. 아내의 함박웃음을 바라보며 비록 작은 일이지만 나는 생의 의미를 느낄 때가 많다. 섬긴다는 것은 나를 낮추는 것이다. 나를 낮추면 부딪히는 일이 없다.

그렇다. 섬긴다는 것은 논리가 아니라 희생이다. 아무런 대가를 바라지 않는 행위이다. "남에게 대접을 받고자 하는 대로 너희도 남을 대접하라." 이것은 섬김의 가장 기본적인 진리이다.

세인트 데미안(Saint Demian)이라는 사람은 22세 때 신부의 서품을 받고 하와이에 있는 몰로카이 섬에서 사역을 하게 되었다. 그곳은 미국의 모든 나환자를 모아놓은 문둥병자 촌이었다. 데미안은 그 나환자들에게 열심히 복음을 전했지만, 그들은 복음을 받아들이지 않았다.

"하느님은 사랑이십니다. 하느님은 여러분을 사랑하십니다."

젊은 데미안은 열심히 증거 하였으나 그들은 오히려 화를 냈다.

"뭐라고, 하느님이 우리를 사랑한다고? 웃기는 소리 하지 마라. 하느님은 우리를 버렸어. 당신은 건강한 사람이니 그런 말을 쉽게 할 수가 있지. 우리는 저주받은 문둥이들이다. 문둥이가 되어 눈썹이 빠지고 코가 문드러졌는데 무슨 희망이 있단 말인가?"

데미안은 하느님께 기도했다.

"하느님! 어떻게 하면 이들을 섬길 수 있겠습니까?"

그런데 기도의 응답은 아주 간단했다.

"너도 문둥이가 되어라. 너도 나환자가 되어서 그들을 섬겨라."

데미안은 주저하지 않고 나환자의 피를 뽑아서 자신의 혈관 속에 집어넣었다. 2년이 지나자 그의 눈썹이 빠지기 시작했다. 살이 썩기 시작했다. 그는 다시 외쳤다.

"사랑하는 형제들이여! 나도 문둥이가 되었습니다. 나도 눈썹이 빠졌습니다. 하느님은 여러분을 사랑하십니다."

그때서야 나환자들은 데미안을 끌어안고 울면서 복음을 받아들였다고 한다. 그는 49세의 나이에 아름답고 위대한 일생을 마쳤다.

인생의 가치는 성공에만 있지 않다. 섬기는 사람이 위대한 사람이다. 섬김은 사람을 변화시키는 능력이 있다. 또한 좋은 인간관계를 맺게도 한다. 섬김은 상대방을 빛나게 해주는 또 하나의 위대한 사랑이다. 섬김은 단지 베푸는 것만이 아니라 한없이 서로를 배워가는 과정이기도 한다.

지금 이 시간에도 우리의 섬김의 손길을 기다리고 있는 사람들이 있다. 커피숍에서 커피를 마시며 세상을 논하며 대단한 척 허세를 부리기보다는 정말 섬김이 필요한 이들에게 필요한 것을 찾아 섬기는 삶이 더 아름답지 않을까. 비록 부족하지만, 부족한 나를 통해서 조금이나마 세상을 아름답고 평화롭게 만들어 갈 수 있다면 분명 나의 생애도 축복된 삶이 될 것이다.

가족은
행복한
쉼터입니다

세상에서 가족만큼 소중한 것은 없습니다.

우리는 살아가면서 마음속에 비밀이나 말 못할 고민을

갖고 지냅니다.

때로는 지치고 힘들어 포기하고 싶을 때도,

때로는 보이지 않는 곳에서

소리 없이 눈물을 흘릴 때도,

나의 버팀목이 되어 주었던 가족이라는 존재가 있었기에

지금 우리는 여기까지 올 수 있었습니다.

가족이란 그렇습니다.

사랑하기 때문에 살아가는 공동체입니다.

좋아하는 것과 사랑하는 것은 비슷한 것 같지만 다릅니다.

고양이는 쥐를 좋아합니다.

그러나 사랑하지는 않습니다.

좋아한다는 것은 상대방이 고통스러워하든, 아파하든,

상처가 나든, 피투성이가 되든 상관없이

자신의 이익과 욕심 때문에 얼마든지 좋아할 수 있습니다.

그러나 사랑한다는 것은

오히려 자신이 고통스러워하고, 아파하고,

상처가 나고, 피투성이가 되더라도 상대방을 끝까지

사랑하는 것이 사랑입니다.

아무리 어렵고 힘든 가족 간의 갈등이 있었다 할지라도

끝까지 용서하고, 화해하고,

사랑할 수밖에 없는 것이 가족입니다.

가족이기에 어쩔 수 없이

원망도, 슬픔도, 사랑마저도 다 품 안에 담으면서
살아갈 수밖에 없습니다.

❀

가족은 자신의 자리를 기꺼이 내어 주고도
동행하는 사람입니다.
그래서 가족의 꿈은 언제나 서로를 향해 있습니다.
화해하지 않아도 저절로 화해가 되는 것이 가족입니다.
내가 지치고 힘들 때마다
자신의 일처럼 나를 위해 기도해 주는 사람은
그래도 가족밖에 없습니다.
그러므로 행복한 만큼 행복한 것이 가족입니다.

❀

이 세상에 젓가락 하나 꽂을 만한
자신의 땅도 없이 가난해도,
나라를 믿고 법을 준수하며 열심히 일하며 행복하게
살아가는 사람이 많이 있습니다.
파편을 맞아가며 고립된 날카로운 삶에 포위되어

하루하루를 버텨 나가는 사람들도
이 땅에는 부지기수입니다.
저마다 말 못할 사연을 숨기며 살아가는 사람도
얼마나 많은지 모릅니다.
하지만 다들 힘들다고 하면서도, 내일의 희망이 안 보이는
고달픈 삶 속에서도, 용기를 잃지 않고
살아가는 사람도 많이 있습니다.

❀

인생이 긴 것 같지만 짧습니다.
그 짧은 세월 동안 가족이 서로 사랑을 나누며 살아가기도
부족한 시간입니다.
잠깐, 내 머릿속에서 지워버리며 살아왔던 가족들,
그 가족들의 소중함을 발견하며 살아갈 수 있다면,
그래서 잃어버렸던 가족들의 자화상을
다시금 찾을 수만 있다면,
가족이라는 존재는
우리에게 더욱 큰 의미로 다가올 수 있을 것입니다.

더 이상 가족들의 자리가 상실되지 않도록

조금만 더 신경을 쓰세요.

행복이 가득할 것입니다.

Part 7

우리에게는
꿈이 있습니다

아직도
나에게는
꿈이 있습니다

헬렌 켈러(Helen Keller)는 인간의 위대함을 보여 준 사람이다. 그녀는 생후 19개월 만에 성홍열과 뇌막염에 걸려 위와 뇌에서 급성 출혈이 생겨 보지도, 듣지도, 말도 못하는 장애인이 되고 말았다. 하지만 그녀는 그 시련을 딛고 일어나 인간의 존엄성을 가장 인격적으로 증명해 보였다.

그녀는 기자에게 "당신이 맹인으로 태어나는 것보다 더 불행한 것이 무엇입니까?"라는 질문을 받았다. 그때 그녀는 머뭇거리지 않고 바로 이렇게 대답했다.

"시력은 있되 꿈이 없는 것입니다. 꿈이 있기에 지금 나는 아름다운 삶을 살아갈 수 있는 것입니다."

그렇다. 꿈은 생명의 원천이고 삶의 에너지이다. 꿈은 이루어지는 것이다. 존 업다이크(John Updike)는 말하기를, "꿈이 이루어지지 않는다면 신(神)이 우리에게 꿈을 꾸도록 만들지 않았을 것이다"라고 했다.

사람에게 꿈이 없으면 내일이 없다. 내일이 없는 사람은 계획 없이 되는 대로 살아가는 사람이다. 포부도 없이 그저 그날이 그날처럼 살아가는 사람이다. 우리의 인생은 꿈의 크기만큼 열려 있다. 현실이 어렵다고 꿈을 포기하지 말고 시작하면 된다.

미국의 한 대학교에서 한 남자가 소설 창작 수업을 듣고 있었다. 그런데 그는 교수들보다 나이가 많았던 것도 이슈가 되었지만, 그가 매일 제트기를 타고 학교에 등교한다는 소문이 돌고 있었다. 그는 바로 나이키의 창업자 필 나이트(Phil Knight)이다. 그는 2007년 포브스가 선정한 미국 최고의 부자 명단에 오르기도 했다. 그는 이런 말을 했다.

"여전히 저에게도 이루고 싶은 꿈이 있습니다. 여느 작가들처럼 나도 소설책을 꼭 한번 쓰고 싶습니다."

꿈은 이루어 나가는 것이다. 꿈이란 누군가에게는 그저 꿈이 될 수 있지만, 그 꿈을 찾는 자에게는 꿈은 그저 꿈이 아니다. 인생은 내가 생각하는 대로 이루어지기 때문이다. 현실에서 이상으로 가는 길은 아주 멀다. 거기에 꿈마저 없다면 그 길은 아주 험한 산길이 된다. 그러므로 무엇보다 꿈과 목표를 정해 놓고 앞으로 나아가는 것이 중요하다.

그럼, 우리는 어떤 방식으로 꿈을 이루어 나가야 할까? 많은 사람이 꿈을 갖고 있지만, 그 꿈을 어떻게 이루어 가야 하는지는 모르고 있다. 자신의 꿈을 이루어 나가기 위해서 가장 중요한 것은 책을 많이 읽어야 한다. 책은 인생의 방향에 동기부여와 체계적이고 깊은 지식을 전해준다. 나아가 책은 나의 훌륭한 멘토와 스승이 되어 주며, 인생관과 가치관까지 바꾸어주기도 한다.

여행을 하는 것도 좋다. 여행은 갇혀 있던 내 시야를 넓혀 주는 역할을 한다. 고통을 보다 잘 견디는 방법을 가르쳐 줄 뿐만 아니라 세상과 어떻게 공존해야 하는지를 깨닫게 해주기도 한다.

그리고 친한 사람과 많은 대화를 하는 것도 도움이 된다.

그들의 조언과 권면 속에서 때로는 답이 있을 수 있다.

마지막으로 봉사와 나눔, 섬김과 사랑 그리고 자신을 돌아볼 수 있는 일기를 쓰는 것 등을 통해 스스로 성찰해 나가는 경험을 쌓는 것도 좋다. 그 이유는 그 속에서 자신을 돌아보며 자신이 잘하고 좋아하는 일이 무엇인지 발견하게 되기 때문이다.

꿈을 향해 나아가고 있는 사람은 그 꿈을 향해 계속 전진하자. 꿈을 이루려다 실패했다면 좌절하지 말고 다시 한 번 꿈과 목표를 정해 전진하자. 꿈을 갖고 죽을 만큼 노력하는 사람은 이미 성공의 문턱에 거의 도달한 사람이다.

실패는
끝이 아니라
새로운 시작입니다

우리가 살아가면서 자신을 끊임없이 피곤하게 하고, 자유롭지 못하게 하는 근본적인 이유는 바로 자신에게 남아 있는 마음의 상처들 때문이다. 그 상처들은 모두 실패의 두려움에서 비롯된 것이다. 지금도 사람들은 성공보다는 실패에 더 집중하면서 살아간다. 그러나 사실 성공한 사람도 실패한 사람들 못지않게 실패의 경험이 있다. 다만 그들의 다른 점은 실패의 상처를 가능한 한 빨리 털어버리고 일어섰다는 것이다.

실패라는 상처는 우리 안에 있는 자유와 기쁨을 박탈해

일방적으로 마음을 지배한다. 현재와 미래를 향해 다시 정비할 마음조차 갖지 못하게 한다. 그러므로 실패를 기억 속에서 빨리 지우고 미래를 향해 새롭게 정비해 나가야 한다.

우리는 살면서 1년에 한 번씩 겪는 것이 있다. 태양이 이글거리는 뜨거운 여름의 더위와 살을 에는 겨울이다. 뜨거운 여름은 매서운 겨울날을 잊게 하고, 매서운 겨울은 이글거리는 태양 빛에 땀을 흘렸던 것을 잊게 한다. 그러나 우리는 죽을 때까지 매년 이러한 삶을 반복해야 한다.

마찬가지이다. 자신이 겪고 있는 시련과 실패의 상처가 영원할 것처럼 느껴져도 절대 그렇지 않다. 삶을 포기하고 죽고 싶을 만큼 고통스러워도 그 순간을 지나고 나면 아픔은 옅어지고, 또다시 웃을 수 있는 좋은 날이 다가오기 마련이다. 신은 인간에게 견딜 수 있을 만큼의 고통을 주신다. 살아가면서 누구나 절망과 실패를 맛보게 된다. 하지만 절망과 실패의 순간에도 자신이 쥐고 있는 마지막 방향의 키, 그것 하나만 절대 놓지 않는다면 분명 과거보다 더 나은 미래를 만들어 갈 수 있다.

사실 실패는 그렇게 대단한 것이 아니다. 그러기에 오랫동안 거기에 집착할 필요가 없다. 실패는 당하는 것이 아니라 살아가면서 누구나 만나는 것이다. 한순간 잠시 일어났던 일이라 생각하고 가능한 빨리 일어나야 한다.

그리고 한편으로 실패를 운명으로 받아들일 줄 알아야 한다. 그래야만 또 다른 운명을 개척해 나갈 수 있기 때문이다. 사실 실패하는 것보다 진정으로 부끄러운 것은 실패에 대한 두려움 때문에 다시 시작하지 않는 것이다. 물론 우리가 실패한 순간에는 닥친 현실이 너무 크게 느껴져 전혀 희망이 없는 것처럼 보일 것이다. 그래서 포기하는 심정으로 살아갈 수도 있을 것이다. 하지만 그 포기를 바꾸어 줄 수 있는 치료 방법은 새로운 시작에 대한 열정을 갖는 것이다. 그럴 때 앞으로 나아갈 수 있는 또 다른 동력을 얻게 된다.

고인이 된 소설가 최인호 씨는 2008년에 암 수술을 받았다. 독실한 크리스천이었던 그는 병상에서 매일 기도를 드렸다고 한다. 그런데 그때 그에게 암이라는 고통보다 더 견디기 힘든 두려움이 찾아왔다. 그것은 다시는 글을 쓸 수 없다는 두려움이었다. 그러던 어느 날 그는 갑자기 억울한 생각이 들었다. '왜 내가 아직 일어나지도 않은 일을 갖고 두려워하고 있단 말인가?' 그는 영화 〈파피용(Papillon)〉의 마지막 장면을 떠올리며 주인공 스티브 맥퀸(Steve McQueen)이 절벽에서 뛰어내려 망망대해를 떠가면서 소리치던 "야, 이 자식들아, 나는 살아 있다"라는 음성을 들었다고 한다. 그는 항암치료로 인해 빠진 손톱에는 고무 골무를 끼우고, 빠진 발톱에는 테이프를 칭칭 감았다. 그리고 구역질이 날 때마다 얼음 조각을 씹으면서 다시금 원고를 썼다고 한다.

우리도 아직 일어나지도 않은 일에 대해 두려워하고 먼저 좌절할 때가 있다. 그러나 최인호 씨가 그 두려움을 떨쳐버리고 다시 시작했듯이 그 순간 우리가 다시 일어설 수 있다면 우리의 인생에는 분명 커다란 변화가 일어나게 될 것이다.

비록 문이 닫혔다는 절망과 좌절이 아무리 자신을 죄어도 올바른 태도만 잃지 않는다면 반드시 또 다른 문을 열 수 있다는 믿음이 생기는 것이다. 위기는 또 다른 기회를 만드는 하나의 동력이다. 그러므로 실패는 끝이 아니라 새로운 시작을 하라는 신호다. 우리는 현재 겉으로 보이는 암울한 상황에 집착하기보다 자신의 장점들을 부각시킴으로써 변화를 꾀해야 한다. 우리의 인생이 끝나는 것은 실패했

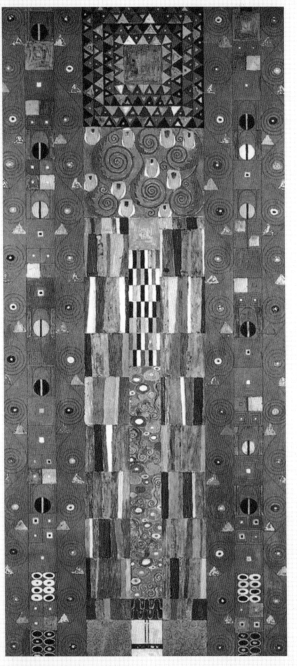

구스타프 클림트,
〈황금 기사,
브뤼셀의 스토클레 저택의
장식벽화를 위한 초안〉,
1905~1909년,
캔버스에 유채,
오스트리아 응용미술관 소장

을 때가 아니라 포기했을 때다. 좌절하고 포기한다면 삶에서 변화되는 것은 아무것도 없기 때문이다. 환경보다 나의 의지가 훨씬 더 중요하다는 것이다.

찰스 케터링(Charles Ketering)은 이렇게 말했다. "실제로 처음부터 제대로 되는 것은 아무것도 없다. 반복된 실패야말로 성공으로 가는 도상에 놓인 안내표지다."

우리는 실패한 후에야 비로소 앞으로 나아갈 수 있는 바탕 위에 서게 되는 것이다. 실패는 또 다른 배움의 기회를 제공해 주기 때문이다. 그러므로 우리 인간은 성공에서보다 실패에서 훨씬 더 많은 것을 배우게 된다. 그 이유는 간단하다. 다시금 분석하고, 연구하고, 새로운 전략을 세우기 때문이다. 그러나 만약 너무 빨리 성공하면 이런 것들을 배울 수 없다.

미국의 전설적인 야구선수 베이브 루스(Babe Ruth)는 "나는 1,330번이나 삼진을 당했지만, 내가 날려버린 714개의 홈런만 기억할 뿐이다"라고 말했다. 영국의 유명한 소설가 존 크레이시(John Creasey)는 출판사로부터 753번이나 거절을 당했다. 하지만 564권의 주옥같은 책을 출간했다. 실패의 힘이 그를 성공으로 이끈 것이다.

책을 써서 세계에서 가장 돈을 많이 번 사람을 꼽는다면 단연 《해리포터》의 작가 조앤 롤링(Joan K. Rowling)이다. 그녀는 《해리포터》 시리즈만으로 무려 10억 달러(1조 700억 원)를 벌어들였다. 이렇게 엄청난 성공을 거둔 그녀는 딸아이를 혼자 키우는 가난한 이혼녀였다. 그녀는 생계를 위해 글을 써서 많은 출판사를 찾아갔지만 그 어느 곳에서도 그녀의 원고를 출판해 주지 않았다. 심지어 몇몇 출판사로부터는 "이런 쓰레기 같은 소설을 요즘 누가 읽는단 말인가"라는 수모를 당하기도 했다. 하지만 그녀는 실패를 두려워하지 않았다. 끊임없이 출판사에 원고를 보냈다. 심지어 원고를 복사할 돈조차 없어 원고를 일일이 다시 써서 보낼 정도였다. 그러나 마침내 그녀는 자신의 꿈을 이룸과 동시에 엄청난 명예와 부를 거머쥐었다.

하버드 대학 졸업식에서 실패에 대해 그녀는 이렇게 말했다.

"실패는 우리의 삶에서 불필요한 것들을 제거해 주는 것입니다."

살아가면서 희망이라는 미래로 나아가는 비결 중 하나는 실망감 퇴치법들을 습득하는 것이다. 과거를 묶어 놓는 주범인 실망감을 깨끗하게 처리한 후 빨리 그다음 단계로 나가는 훈련을 해야 한다. 그것이 실수든, 실패든 상관없이 그 상처와 고통에서 빨리 벗어날수록 치료의 속도는 훨씬 더 빨라진다. 살아가면서 물질, 지식, 명예, 성공은 누구나 얻고 싶어 하는 중요한 것이지만 그보다 더욱 중요한 것은 실패 이후에 다시 일어설 수 있는 마음의 건강임을 명심해야 한다.

❋

우리는 과거의 산물이지만
과거에 갇혀 살아갈 필요는 없습니다.
때로는 우리가 아무리 잘해도
장애물이나 실패를 경험하게 됩니다.
하지만 그 장애물과 실패를 오히려 디딤돌로 삼는
지혜를 가져야 합니다.

❋

실패와 고통,
그리고 그 고난을 견디며 꿈을 이루었던 사람들은

조금도 환경의 지배를 받지 않았습니다.

오히려 환경을 새롭게 만들어 나가는

용기 있는 사람들이었습니다.

성공은 결코 쉽게 이루어지지 않습니다.

정말 중요한 것은

마음만 먹으면 실패에서 일어설 수 있다는 것입니다.

마음만 먹으면 얼마든지 성공도 행복도

다시 찾아올 수 있다는 것입니다.

포기하지 마세요.

실패는 끝이 아닙니다.

또 다른 새로운 시작입니다.

그리고
사는 날까지
도전해야 합니다

❀

왜 마지막 순간까지 도전하며 살아야 할까요?

나 자신을 미워하지 않기 위해서입니다.

너무 일찍 포기하고

남은 인생을 무의미하게 살아가야 한다면,

나 자신을 용서할 수가 없기 때문입니다.

한 번뿐인 인생,

후회하며 살아가야 한다면,

평생을 원망만 하면서 살아도 부족할 것입니다.

아직도 살아가야 할 세월이 많이 남아 있습니다.

편하게 사는 것이 나쁜 것은 아닙니다.

그렇다고 그리 좋은 것도 아닙니다.

무조건 편하게 사는 것만 추구하다 보면,

나태해지고 타락의 늪에 빠지기 쉽습니다.

몸과 마음 그리고 정신까지도 쇠약해질 수 있습니다.

그 어떤 병보다 무섭고 깊은 병은 가만히 있는 것입니다.

아무것도 하지 않고 그냥 가만히 있는 것입니다.

가만있어서 되는 것은 아무것도 없습니다.

이것이 사는 날까지 도전해야 하는 이유입니다.

도전하기를 싫어하는 사람들은 실망할 것 같은 일을 피하려는 경향이 있다. 왜 그럴까? 감각이 숨 쉬지 못하고 의식이 깨어 있지 못하기 때문이다. 사고하기를 싫어하기 때문이다. 이런 사람들은 주변에서 일어나는 사건에도 무덤덤해지고, 더 이상 알고 싶어 하지도 않는다. 즉, 자포자기 상태로 살아간다. 마음의 자세만 바꿔도 가슴은 능동적으로 반응하게 될 텐데 말이다.

현실은 피하는 것이 아니다. 받아들이고 적응해 나가는 것이다. 인생은 끊임없는 도전의 연속이기 때문이다. 나 자신에게 다시 한 번 물어보자. "나는 지금 무슨 생각을 하고 있는가?"

일본에는 시바타 토요(しばたとよ)라는 할머니가 있다. 그녀는 92세부터 시를 쓰기 시작해서 99세 때 시집을 출간했다. 시집 제목이 〈약해지지 마〉였다. 웬만큼 유명한 작가라도 몇천 부가 팔리기 어려운 시집이 무려 190만 부 이상 팔렸고, 23개국에 번역 출간되었다고 한다.

인생이란 늘 지금부터야
그리고 아침은 반드시 찾아와
그러니 약해지지 마!

92세의 그녀는 "인생은 지금부터"라고 말하고 있다. 나는 지금 무슨 생각을 하며 살아가고 있는지 조금은 부끄러운 생각이 들었다.

못했다고 해서
주눅 들어 있으면 안 돼
나도 96년 동안
못했던 일이 산더미야

부모님께 효도하기
아이들 교육
수많은 배움

하지만 노력은 했어
있는 힘껏

있지, 그게
중요한 게 아닐까?

우리의 인생은 후불제다. 도전과 꿈은 반드시 그 대가를
지불하기 때문이다. 어떤 크리스천이 새벽마다 교회에 가

서 열심히 하느님께 기도를 드렸다고 한다.

"하느님 이번에 제발 복권이 당첨되게 해 주십시오. 평생에 두 번도 필요 없습니다. 딱 한 번만 당첨 되게 도와주십시오. 당첨만 되면 정말 착하게 살겠습니다."

삼 일째 되던 날 새벽에 드디어 하느님의 음성이 들려왔다고 한다.

"이 녀석아, 복권이라도 좀 사놓고 기도해라."

우리는 준비 없이 꿈을 이루려고 하는 경향이 있다. 도전도 없이 좋은 결과만을 기다리는 경우가 많다는 것이다. 세상에는 기적이 존재하지 않는다. 마술처럼 외부에서 한순간에 나타나 나를 성공하게 해 주지 않는다. 인생은 하루아침에 결정 나는 것도, 내가 하고자 하는 것이 단번에 이루어지는 일도 없다. 나 자신이 그 기적을 창조하고 만들어 가야 하는 것이다.

그리고 중요한 것은 지나치게 미래에 대해 걱정을 해서는 안 된다. 하루하루 열심히 최선을 다한다는 마음자세를 가져야 한다. 그래야 도전하기가 쉽다. 물론 미래를 예측하면서 목표를 세우고 계획을 세우는 것은 중요하다. 하지만 너무 미래에만 집중하다 보면 현재를 즐길 수 없게 된다.

오히려 자칫 좌절하기 쉽고, 스트레스로 불안감에 휩싸일 수 있다.

한 번밖에 없는 인생, 우리가 사는 동안만큼은 열심히 살아야 한다. 그리고 때로는 집요할 필요도 있다. 인생의 밑바닥까지 내려갔다가 다시 재기한 사람처럼 강철 같은 정신의 소유자가 되어야 한다.

인생은 끊임없이 배우고 도전하는 것이다. 도전은 젊은 이들만의 특권이 아니다. 누구나 마지막 순간까지 열정적으로 살아가야 할 의무가 있다. 우리는 "새로운 꿈을 꾸기에는 너무 늦어버린 것이 아닐까?"라는 질문을 스스로에게 던지고 스스로 그 답을 찾아야 한다. 그럴 때 그토록 내가 원하던 아름다운 그림들이 어느 순간 완성되어 있음을 보게 될 것이다.

구스타프 클림트,
〈공원〉,
1909~1910년,
캔버스에 유채,
뉴욕 현대미술관 소장

열매 맺는
인생을
사십시오

❀

농부가 농사를 짓는 이유는 단 한가지입니다.

열매를 거두기 위해서입니다.

우리의 인생도 그렇습니다.

인생의 열매를 거두기 위해서입니다.

열매 없는 인생을 위해 사는 사람은

아무도 없을 것입니다.

그런데 어떤 사람들은 열매 맺는 일에 적극적인 태도로

임하지 않고 있습니다.

살아가는 과정이 중요하듯이

인생의 마지막 결과도 중요합니다.

그 결과는 열매로 나타나기 때문입니다.

❀

열매 맺는 삶은 무엇일까요?

가치 있는 흔적을 남기는 것입니다.

물론 출세하는 것도 부자가 되는 것도 열매 맺는 삶입니다.

좋은 집을 사고, 비싼 자동차를 사는 것도

열매 맺는 것입니다.

하지만 그런 것들은 관상목일 뿐입니다.

유실수는 가치 있는 흔적들을 남기는 것입니다.

❀

사람은 두 부류가 있습니다.

꽃만 피우는 인생이 있고, 열매 맺는 인생이 있습니다.

대부분은 열매 맺기보다는

자신을 과시하기 위한 꽃을 피우기 위해 살아갑니다.

가치 있는 열매를 맺는 데 자신을 던져야 합니다.

사람은 생각하며 살아가는 존재입니다.

단순히 먹고 마시며 즐기는 존재가 아닙니다.

가치관에 초점을 맞추며 살아가는 존재입니다.

인간은 고상한 존재이기 때문입니다.

그러므로 삶에 대한 어떤 지향점이 있어야 합니다.

그 지향점이 바로 보람을 통해서

가치를 만들어 나가는 것입니다.

때로는 나의 가치를 위해서 투쟁할 만큼 싸울 때도

있어야 합니다.

그것이 바로 삶에 대한 올바른 자세입니다.

우리는 나이를 먹어 가면서,

'무엇을 남길 수 있을까?'를 생각해 보면

갑자기 우울해질 때가 있습니다.

'지금까지 내가 뭘 하면서 살아왔지!'

이런 회의적인 생각이 들 때도 있습니다.

그것은 이만큼 가지고 누렸다는 성취감보다는

아직도 없는 것에 대한 무상함 때문입니다.

가치 있는 열매를 맺지 못했기 때문입니다.

❀

농부가 나무를 심으면서 열매 맺는 큰 기대를 합니다.

그 나무가 때가 되어도 열매를 맺지 못하면

농부는 그 나무를 찍어 불에 태워버립니다.

마찬가지입니다.

나 자신에 대한 분명한 기대와 목표에 대한 열매가 없다면,

아름다운 흔적을 남긴 열매들이 없다면,

이미 그 삶은 허무한 삶이 된 것입니다.

우리의 인생은 기나긴 시간에서 이루어지는 것이 아니라

가치관에서 결정되기 때문입니다.

❀

대부분의 사람은 삶이 단조롭고 지루하다고 불평합니다.

지친 일상을 핑계 삼아 후회할 반복적인 삶을

살아가고 있습니다.

쾌락을 인생의 낙으로 생각하는 사람들도 있습니다.

그렇게 살아가면
색깔 없이 떨어지는 낙엽처럼
아무것도 남기지 못한 채 쓸쓸히 떠나가는
인생이 되고 맙니다.

앞으로 우리는 얼마간의 세월을 더 살 수 있을까요?
그리고 그 시간을 얼마나 더 사용할 수 있을까요?

그저 스쳐 가는 한 줄기의 바람 같은 삶이 아니라
가치 있는 열매를 남기고 가야 합니다.
내가 살아왔던 증거로,
자신의 발자취를 감동적으로 남기는 그런 삶 말입니다.
그럴 때 내가 살아온 자리에
존재 의미가 나타나는 것입니다.
훗날,
내가 사랑했던 사람들도 나를 그렇게 기억해 줄 것입니다.

✿

지금 나는 그 사람들에게 무엇으로 기억될 것 같습니까?

✿

그날,

나의 죽음이 슬픔의 자리가 아니라

축복이 되는 자리가 되어야 할 것입니다.

Part 8

인생, 이것이
끝이 아닙니다

노후 준비는
황혼을
행복하게 합니다

청년들이 나이 든 사람을 바라보면서 '나도 저 노인들처럼 늙을 것이다'라고 진지하게 생각하는 사람이 10퍼센트도 안 된다고 한다. 그저 노인들을 다른 세계의 사람으로 바라볼 뿐이다. 물론 노인들도 청년 시절 그렇게 생각했을 것이다.

우리는 자연스레 나이를 먹어가고 있지만, 늙는다는 것에 대한 인식은 그리 너그럽지가 못하다. 굵은 주름들이 점점 더 깊이 파이는 과정들을 거치며 살아왔으면서도 말이다. 세월은 빠르다. 내가 의식을 못 해도 세월은 화살처럼 빠르게 지나간다. 좀 더 직설적으로 표현하면 지금 이 순간에도 우리는 내가 묻혀야 할 무덤 속으로 달려가고 있다. 그렇다. 우리는 매일 조금씩 이별을 하면서 살아간다. 시간은 사계절처럼 순환하지 않는다. 한 번 지나간 시간은 영원히 돌이킬 수 없다. 빌리 그레이엄(Billy Graham)은 자신의 인생을 이렇게 한마디로 묘사했다. "정신 차리고 보니 칠십이었습니다."

지금 한국은 급격한 출산 저하와 기대 수명의 연장, 그리고 현대문명의 발달 등으로 인해 점점 고령화 시대가 되어 가고 있다. 사회적으로는 조로(早老)하지만 생체적으로는 장수하는 시대가 되어 버린 것이다. 그러나 오래 산다는 것이 마냥 즐겁고 긍정적인 일만은 아니다. 그 이유는 건강하지 못하고 병치레를 하며 살아야 하기 때문이다.

사실 우리 민족은 고령화 시대를 지켜본 적도, 겪어 본 적도 없다. 또한 인생 후반에 대비하는 사회적 기반도 제대로 구축되어 있지 못한 상태다. 당연히 사람들은 노후 준비에 대한 준비는커녕 그 심각성을 생각하지 못했던 것이다. 사람은 늙으면 서럽고 외롭고 쓸쓸하다. 그리고 몸이 여기

저기 자주 아프기 시작한다. 그러므로 노후 준비를 제대로 하지 못하면 재앙이 될 수도 있다는 사실이다.

그럼 노후 대책은 누가 해야 할까? 스스로 준비해야 한다. 훗날 배우자가 같이 있을 수도 있고 먼저 떠날 수도 있다. 자녀들이 부모를 봉양해 줄 수도 있고 그렇지 못할 수도 있다. 그러나 앞일은 누구도 모르는 일이다. 앞으로의 나의 노후가 어떻게 전개될지 그 누구도 장담할 수 없는 것이다. 그러므로 노후 대책은 스스로 준비해야 한다.

빈손으로 황혼을 맞이하는 것은 두려운 일이다. 노후 준비가 안 된 상태에서 인생 말년을 맞이하게 되면 얼마나 비참한 결과를 맞이하게 되는지 우리는 심각하게 생각해야 한다. 노후 대책을 준비하지 못했던 사람들이 이구동성으로 하는 말이 있다.

"정년이 이렇게 빨리 올 줄 몰랐습니다. 미리 준비하세요. 미리 준비해야 노후가 비참하지 않습니다."

지금이라도 늦지 않다. 지금부터라도 나에게 맞는 노후 대책을 준비해 나간다면 자신이 누릴 수 있는, 작지만 보람된 미래를 얼마든지 만들어 갈 수 있다. 물론 아버지로서,

가장으로 힘겹게 살아가면서 노후 대책을 준비하기는 쉽지는 않을 것이다. 하지만 노후는 아주 빠르게 내게 다가오기 때문에 지혜롭게 준비해 나가야 한다. 준비 없는 노후가 얼마나 비참한 일인지 닥친 후에 후회하지 말고, 하루빨리 과거와 오늘의 굴레에서 벗어나 새롭고 희망찬 내일의 그림을 그려가야 한다.

내 마음대로 할 수 없는 노후는 이미 시작되고 있다. 하늘의 아름다운 석양이 아주 길게 보이지만 순식간에 사라져버리는 것처럼 풍성한 젊음도 순식간에 사라져 버린다. 풍요로운 노후는 준비하는 사람만이 누릴 수 있는 가장 평범한 진리이다. 이제 노후 준비는 선택이 아니라 필수다. 영국의 유명한 작가 조지 버나드 쇼(George Bernard Shaw)가 이런 말을 했다. "내 우물쭈물하다가 이럴 줄 알았다." 우리는 넋을 놓고 우물쭈물해서는 안 된다. 황혼의 시간을 행복하게 지내기 위해 지금부터 고민하고 준비해야 한다.

❀

지금 20, 30대입니까?

노후는 먼 훗날의 이야기가 아닙니다.

노후 준비는 절대로 나이에 상관이 없습니다.

젊다고 나이 들어서 준비하겠다는 생각은

어리석은 생각입니다.

지금의 현실에만 파묻혀 변화의 흐름을 읽지 못하면

준비할 시간을 놓쳐 버리게 됩니다.

분명한 것은 늦게 시작할수록

안정적인 노후는 짧아진다는 것입니다.

삶의 지혜를 배우는 자는

노후의 행복을 갖게 되는 것입니다.

※

지금이라도 늦지 않았습니다.

늦었다고 해서 포기하면 안 됩니다.

늦었다고 포기하는 순간,

지나간 세월이 순식간에 내 앞에 와 있을 것입니다.

그 후 무력감과 박탈감이 몸을 휘감을 것입니다.

고통이 폐부를 찌를 것입니다.

늦었다고 생각할 때가 가장 빠른 때입니다.

생각과 태도를 바꾸세요.

어떤 생각과 태도를 가지냐에 따라

살아가는 삶의 질은 달라집니다.

하루하루를 활기차게 작은 일이라도 열심히 하면서

감사하고 행복한 마음으로 살아가세요.

미래에 대한 희망의 태양이 떠오를 것입니다.

배우자를 사랑하는 것이 가장 소중한 노후 대책입니다.

나이 들어서 남는 것은 배우자밖에 없습니다.

아무리 자식이 효도를 해도 배우자만큼은 못합니다.

곁을 한결같이, 그리고 끝까지 지켜주는 동반자는

배우자밖에 없기 때문입니다.

배우자는 당신의 또 하나의 반쪽입니다.

당신의 또 하나의 심장입니다.

순간순간 소중히 대하십시오.

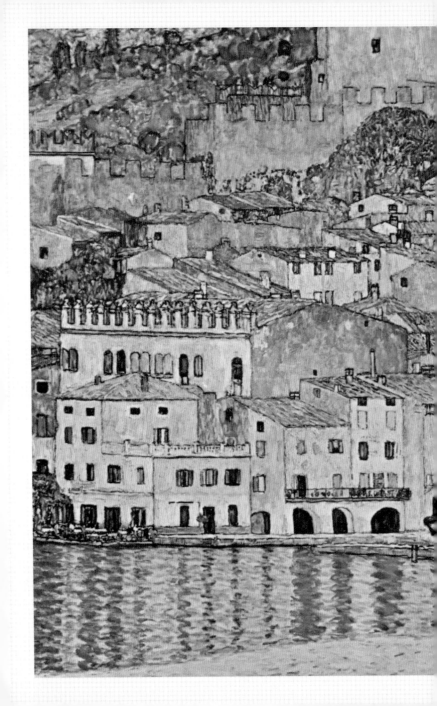

구스타프 클림트,
〈가르다 호숫가 말체시네〉,
1913년,
캔버스에 유채,
미상

은퇴에 대해 부부가 동상이몽이면 안 됩니다.

부부는 일심동체라는 것을 서로가 기억해야 합니다.

은퇴를 맞이하는 출발점이 다르면

결코 노후를 행복하게 시작할 수 없습니다.

아름답게 나이 들어가는 모습을

혼자만 꿈꾸어서는 안 됩니다.

나이 들어갈수록 생각과 감정을

함께 공유해야 합니다.

운동은 노후를 건강하게 사는 비결입니다.

세월이 지나가면서 늘어나는 것은 약봉지입니다.

치매나 뇌졸중, 암과 같은 병이 갑자기 찾아오면

견딜 수 없는 고통이 찾아옵니다.

그 고통은 자녀에게로 고스란히 이어지게 됩니다.

건강이야말로 최고의 투자입니다.

꾸준히 걷는 운동만 해도

수명을 4년이나 연장할 수 있다고 합니다.

❀

종교에 관심을 가지세요.

인간은 연약한 존재입니다.

나이 들면 두려움과 외로움이 더 많이 밀려옵니다.

성격도 자신도 모르게 신경질적으로 변하게 됩니다.

이때 종교는 정신적으로 안정감을 갖게 해 줍니다.

❀

취미 생활을 함께하세요.

부부가 함께하는 시간이 많을수록 행복지수도 높아집니다.

그림 감상이나 음악 감상을 같이 해 보세요.

마음에 평안을 줍니다.

함께하는 등산은 노년을 극복하는

힘이 되어 주기도 합니다.

때로는 밝은 표정으로 서로의 얼굴을 바라보며

노래를 부르는 것도 행복한 감정을 솟아나게 합니다.

커피를 마시며 책을 보는 여유도 가지세요.

함께 있는 것이 행복임을 새삼 느끼게 될 것입니다.

누구나
죽음을
맞게 됩니다

  자신이 타고 가는 비행기가 추락해서 죽을 확률은 600만
분의 1이라고 한다. 벼락에 맞아 죽을 확률은 1,000만분의
1이며, 로또가 당첨될 확률은 800만분의 1이라고 한다. 그
러나 우리 인간이 죽을 수 있는 확률은 100의 100이라는
사실이다. 무조건 죽는다는 이야기다.

  인간은 유한하고, 생로병사(生老病死)의 한 주기이다. 세
상에 태어난 후 살다가 늙고 병들어 죽는 것이 인간의 보편
적인 숙명이다. 세상에는 절대로 부도를 내지 않는 것이 두
가지가 있다. 그것은 노쇠와 죽음이다. 우리의 시간은 어느

시점에 가면 끝나게 되어 있다. 그런데 우리는 지금도, 두 번 다시 돌아올 수 없는 인생길을 가고 있음에도 너무 가벼운 마음으로 그 길을 가고 있다.

가끔 우리는 장례식에서 가족이나 친구, 친척들의 시신을 바라보게 되면 그의 삶의 무게가 가볍지만은 않았다는 것을 깨닫게 된다. 그러면서 자신의 삶을 성찰하며, 지금의 내 삶이 얼마나 소중하고 의미 있는지를 생각하게 된다. 그러나 우리는 또다시 바쁜 일상생활로 돌아오게 되면 그때 가졌던 마음은 잊고 다시 예전의 생활로 돌아가게 된다. 여전히 영원히 죽지 않을 것이라는 착각 속에서 바쁘게 하루하루를 살아간다.

그리고 또다시 영안실에서 목 놓아 우는 모습을 보면 괜스레 숙연해지며 눈시울이 뜨거워진다. 병원 입구에 들어서기만 해도 삶에 대한 의욕과 생명에 대한 경외심이 생기게 된다. 그만큼 우리 인간은 연약한 존재다. 강한 것 같지만 참으로 무력한 존재다. 죽음을 이길 사람은 없다. 그런데 죽음에 대해 당당한 사람들이 있다. 다른 사람들은 다 죽어도 자신은 죽지 않는다는 것이다. 한 줌의 재로 사라지게 된다는 것을 분명히 알면서도 마치 자신은 영원히 살 것처럼 말이다.

세상 사람 그 누가 뭐래도, 과학이 아무리 발달해도 인간은 유한하다. 한순간 세상에 머물다 떠나가는 것이 우리 모두의 인생이다. 가는 세월을 막을 수 있는 사람은 아무도 없다는 것이다. 천지를 호령하던 나폴레옹도, 칭기즈 칸도, 사악했던 스탈린과 무솔리니도, 희대의 철학자 소크라테스도 다 죽었다. 그래서 성서에서는 말하기를 "인생은 풀의 꽃과 같으며, 너희 생명이 무엇이야. 잠깐 보이다가 없어지는 안개니라"고 했다. 정말 인생은 덧없이 왔다가 떠나가는 구름과도 같다. 어찌 보면 우리의 인생은 나그네가 되어 잠시 머물렀다 가는 호텔과 같은 것이다. 호텔에는 편리한 물건이 많이 있다. 침대도, 샤워장도, TV도, 냉장고도…… 마음대로 마음껏 사용할 수 있다. 그러나 그 호텔을 떠나는 날에는 모든 것을 두고 빈손으로 떠나야 한다.

어느 누구도 죽기를 원하는 사람은 없을 것이다. 천국에 가기를 원하는 기독교인들조차도 죽기를 원하지 않을 것이다. 하지만 죽음은 우리 모두가 어쩔 수 없이 가야 하는 마지막 목적지이다. 아무리 사랑하는 사람과 가족이 있다 할지라도 어느 순간, 서로 다른 표정을 짓고 떠나야 하는 인생의 마지막 종착역인 것이다.

이 세상에 존재하고 있는 모든 것은 다 변한다. 변하지 않는 것은 아무것도 없다. 우리 인간의 마지막 모습도 변한다. 죽음의 색채로. 독립된 영원한 실체가 아니기 때문이다. 그러므로 우리는 "언젠가는 끝날 때가 있다. 시간이 채워지면 우리 모두 세상을 떠나야 한다"라는 평범한 진리를 겸허하게 받아들이며 살아야 한다. 억지로 그 시간을 늘리겠다고 발버둥 칠 필요도 없다. 너무 요란하게 살아갈 필요도 없다. 나의 성공과 출세와 행복, 나의 모든 자부심 그리고 실패와 좌절, 두려움까지도 죽음 앞에서는 아무것도 아니기 때문이다. 우리가 이것을 의식하고 살아갈 때 자신의 삶을 소중하게 여길 것이다. 삶의 꽃을 아름답게 피우기 위해 노력하며 살아가게 될 것이다.

그럼, 우리는 죽음을 어떻게 준비해야 할까? 만약 오늘 내가 당장 죽는다면 나는 어떻게 될까? 단 한 번이라도 깊이 생각해 보는 시간을 가져 보라.

구스타프 클림트,
〈아테제 호수 근처 운터아크의 집〉,
1916년,
캔버스에 유채,
개인 소장

죽음
그 이후를
준비하십시오

인생을 어떻게 살 것이며, 왜 사는지도 중요하다. 그러나 우리가 일생을 마친 뒤 우리는 어떻게 될지도 생각해 보아야 한다.

몇 년 전 시카고 〈트리뷴〉지에 가슴 아픈 기사가 실린 적이 있었다. 일리노이 주의 인버네스(Inverness)라는 작은 도시에서 리처드 헤렐이라는 사람의 장례식이 있었다. 그날이 12월 2일이었다. 그런데 그 충격과 슬픔을 채 극복하기도 전에 그의 아내인 베티 헤렐이 이틀 후 그동안 앓아오던 암으로 4일 날 새벽 2시에 가족들과 또 이별을 해야만 했다. 그러나 그 헤렐 가족의 슬픔과 죽음이 그것으로 끝이 아니었다. 그의 아들 제프리 헤렐이 자신의 어머니가 죽은 지 7시간 뒤 오전 9시 30분에 장례 문제로 일을 보러 나갔다가 자동차에 치여 사망한 것이다. 이틀 사이에 4명의 가족 중 3명이 세상을 떠난 것이다. 교통사고로 죽은 제프리 헤렐의 여동생 스테미 헤렐은 이렇게 말했다. "뭐라고 말을 해야 할지 혼돈만 꽉 차 있습니다. 다만 신이 왜 이들을 그 짧은 시간에 함께 다 데리고 갔는지 이해할 수 없을 뿐입니다."

죽음이란 이런 것이다. 내 의지와는 전혀 다르게 전개되는 것이다. 그리고 그 누구도 예외일 수 없다. 이것이 우리의 인생이다. 죽음이란 저 멀리 있는 것도 아니고 나만 피해 가는 것도 아니다. 죽음은 우리 모두가 반드시 다 겪어야 하는 마지막 길이다. 그런데 우리는 죽음에 대해 아는 것이 정말 놀라울 정도로 적다. 그리고 죽은 뒤의 세계에 대해서도 아는 것이 없다.

대부분의 사람은 죽는다는 것을 많은 문제 중의 하나로만 생각한다. 사실 죽음은 많은 문제 중의 하나가 아니라 그 모든 것의 전부이다. 죽음은 우리 인간의 역사 가운데 가장 무서운 폭군이며, 가장 강력한 독불장군으로 군림하며 인간을 지배해 왔다. 그래서 모든 사람은 죽기를 무서워하고 일생 동안 죽음에 매여 살아가고 있는 것이다.

물론 우리가 죽음에 대해 너무 진지하게 생각하거나 집착하면서 살아갈 필요는 없다. 하지만 죽음에 대해 생각하면서, 그리고 대처하면서 살아가야 한다. 왜냐하면 죽음을 알아야 지금의 내 삶을 이해할 수 있기 때문이다.

사십 대 아들이 어머니에게 아침 인사를 하고 출근을 했다. 아침마다 어머니에게 했던 인사는 "어머니 잘 다녀오겠습니다"였다. 그런데 그날 아침 그가 타고 가던 버스가 무너져 내리는 성수대교 바로 2, 3미터 앞에서 기적적으로 멈췄다. 그야말로 구사일생으로 목숨을 건졌던 것이다. 순간 그는 죽음과 삶은 종이 한 장 차이라는 것을 깨달았다고 한다. 다음 날부터 아들의 아침 출근 인사가 이렇게 바뀌었다고 한다.

"어머니 저 갑니다."

"다녀오겠습니다"라는 말이 사라져 버린 것이다. 갈 때는 내 마음대로 갔지만 돌아올 때는 내 마음대로 돌아올 수 없는 것이 우리의 인생이라는 것을, 죽음 앞에서 삶은 아무것도 아니라는 것을 깨달았기 때문이다.

우리는 살아가면서 이렇게 뜻하지 않은 사고나 질병으로 먼저 죽을 수 있다. 이별은 예고 없이 찾아온다. 세상에 올 때는 순서가 있지만 갈 때는 순서가 없다고 하지 않은가. 젊은 나이에 돌연사할 수도 있고, 평균 수명도 살지 못하고 남들보다 일찍 세상을 떠날 수도 있다. 설령 제 수명까지 산다고 해도 이는 극히 적은 수에 불과하다. 그래서 성서에서는 말하기를 "너는 내일 일을 자랑하지 말라. 하루 동안에 무슨 일이 일어날지 네가 알 수 없음이라"고 했다. 내일 당장 어떻게 될지 모르는 것이 우리의 인생이라는 것이다. 그러므로 그런 날을 미리 준비하며 살아가라는 것이다. 죽음 그 이후의 세계를 생각하며.

죽음은 인간에게 주어진 마지막 사명이다. 이는 어쩔 수 없는 운명이다. 그런데도 인간은 죽음 앞에서만큼은 극도로 약해진다. 그 이유는 죽음 앞에서는 자신이 할 수 있는 일이 아무것도 없기 때문이다. 죽음의 공포와 불안이 엄습해 오기 때문이다. 그래서 모든 사람이 죽음에서 벗어나고 싶어 한다.

우리가 이 죽음의 공포와 두려움을 극복할 수 있는 길은 오직 하나밖에 없다. 그것은 바로 신앙이다. 신앙은 내세에 대한 지향성을 갖게 하며 죽음 그 이후에 있을 사건에 대해 소망을 준다. 이 때문에 많은 사람이 신앙을 갖는다.

그럼, 종교란 무엇인가? 우리의 힘으로 할 수 없는 것을 절대자에게 맡기는 것이다. 죽음은 우리의 힘으로 막을 수 있는 일이 아니다. 또한 죽음 그 이후의 세계도 우리의 뜻대로 진행되는 것이 아니다. 이것이 인간의 한계다. 그래서 절대자에게 자신을 온전히 맡기는 것이 종교이다.

종교는 신앙으로 우리를 강하게 만드는 힘이 있다. 인생살이의 어려움, 고난, 시련, 모든 고통에서도 두려워하지 않고 그것을 돌파해 나가게 한다. 어떤 죽음 앞에서도 절대 흔들리지 않게 한다. 그래서 톨스토이는 말하기를 "신앙은 인생의 힘"이라고 했다. 그러므로 우리가 살아가면서 종교를 갖는 것이 중요하다. 행복한 인생을 살아가는 지혜이고, 죽음을 두려워하지 않고, 죽음 그 이후의 세계를 두려워하지 않기에.

지금 살아 있음이 행복입니다

우리가 살아가는 인생은 그리 호락호락하지 않다. 평탄과 행복만으로 살아갈 수 있는 것도 아니다. 그래서 인생의 희망은 고통 너머에 있는 것이라고 한다. 그렇다. 우리의 인생은 바람에 흔들리며 피어나는 꽃과 같다. 꽃은 바람에 흔들려도 땅에 생명의 뿌리를 내리고 결국 자신의 자태를 뽐내는 아름다운 꽃을 피운다. 우리도 어떤 악조건 속에서도 절대 포기하거나 쓰러져서는 안 된다.

우리는 인생을 충분히 아름답게 살아갈 수 있다. 현재의 환경을 비관하면 앞날은 밝아질 수 없다. 넘어져도 다시 일어나고 또 넘어져도 다시 일어나 꿈을 갖고 앞으로 나아가면 반드시 그 꿈이 현실로 자신 앞에 다가와 있음을 보게 될 것이다.

우리에게 주어진 시간을 헛되이 흘러가게 하지 말자. 시간은 우리를 기다려 주지 않는다. 그 시간은 미워하며 싸우기도 매우 아까운 시간이다. 사랑하고, 위로하고, 섬기고, 용서하면서 살아가자. 오늘 나에게 주어진 이 하루를 감사한 마음으로 살아갈 때 행복의 향기가 주변을 진동하게 할 것이다.

1991년 3월 캘리포니아 시에라네바다의 깊은 숲 속에서 길을 잃어버린 한 부부가 추위와 굶주림 속에서 끝내 죽고 말았다. 당시 75세의 남편 던켄과 68세의 체이니 부부는 자녀들의 노력 끝에 죽은 지 2개월 뒤인 5월 1일에야 시신으로 발견되었다. 그들이 타고 있던 승용차 안에는 기름이 한 방울도 남아 있지 않았다. 그런데 그 차 안에서 아내 체이니가 18일 동안 자신의 심경을 적어놓은 노트가 발견되었다. 결국 그것이 자녀들에게 남긴 유언이 되고 말았다. 다음은 그들이 남긴 글 중 일부가 언론에 공개된 것이다.

1991년 3월 1일 금요일 오전 6시 30분.

이 아침 우리는 지금 아름다운 설경에 묻혀 있다. 길을 잘 못 들어 눈 속에 묻히는 바람에 어젯밤 여섯 시경부터 눈 속에 갇혀서 빠져나가지 못하고 있다. 지난밤에도 눈이 많이 내려 한자 높이 정도의 눈이 더 쌓인 채 우리를 덮고 있다. 창문을 열 수가 없다. 손바닥과 무릎에 대고 글을 쓰려니 글씨가 엉망이다. 이해해다오, 아이들아!

하고 싶은 이야기가 너무 많구나. 우리는 너희가 삶을 즐겁게 살아가길 바라며 현재의 시련은 내년이 되면 잊혀 진다는 사실을 기억하기 바란다. 가족의 우애를 절대로 저버리지 말아라. 그리고 우리가 손자 손녀들을 사랑한다는 사실을 알게 해다오.

어젯밤에 우리는 찬송과 성경 읽기를 시작하면서 잠깐씩 눈을 붙이며 지새웠다. 두어 시간마다 5분씩 차 엔진을 켜고 히터를 틀어 몸을 녹였다. 우리는 우리 앞에 어떤 일이 일어날지 알 수가 없다. 따라서 우리는 완벽하게 하느님의 섭리에 모든 것을 맡기고 있는 셈이다. 이보다 더 나은 처지가 어디 있겠는가?

❀

오늘이 3일째다.

아직 배고픔은 없다. 장갑 상자에서 작은 젤리 봉지 두 개와 껌 하나를 찾아냈다. 나중을 위해 이것들을 잘 두었다. 창문을 열고 눈을 집어 먹고 있다. 직장에 결근해야 하는 문제로 너희 아빠가 조금 기분이 상해 있다.

❀

3월 6일 수요일.

오늘 밤이 일곱 번째의 밤이 된다. 차에 기름이 다 떨어져서 더 이상 히터를 켤 수가 없다.

❀

3월 12일.

한 모금의 물이, 한 입의 음식이 이렇게 귀한 줄을 다시는 잊지 않게 될 것이다. 몸이 약해져 옴을 느낀다. 우리는 너희 모두를 진정 사랑했다.

3월 18일.

아빠가 오늘 저녁 7시 30분에 주님 곁으로 가셨다. 모든 것이 몹시 평온하다. 그가 세상을 떠난 것조차 몰랐다. 그가 마지막 남긴 말은 주님께 감사하다는 것이다. 나도 곧 그의 뒤를 따를 것으로 생각된다. 하고 싶은 이야기가 매우 많은데 이제 시간이 별로 없는 것 같다. 앞이 잘 안 보인다. 잘 있거라. 너희 모두를 사랑한다.

– 《상처 없는 나를 꿈꾼다》 중에서

결국 이들 부부는 차 속에서 생을 마감했다. 그의 아들 스킵과 딸 제인은 언론과의 인터뷰에서 어머니 체이니를 이렇게 회상했다고 한다.

"어머니의 어질고 상냥함은 거의 자연적이었습니다. 어머니와 한 번 만난 사람은 누구나 어머니의 기억 속에 오랫동안 남아 있었습니다."

어쩌면 이 노부부의 죽음도 보통 사람들의 죽음과 마찬가지였을 것이다. 그러나 그녀가 자신의 자녀들에게 쓴 편지가 우리의 가슴속 깊은 곳까지 아프게 하는 것은 자신들에게 허락되어 있던 제한된 시간과 공간 속에서도 원망하지 않고 끝까지 감사하는 모습을 보여 주었기 때문이다. 우리의 삶도 이 노부부처럼 가장 절박하고 비참한 상황에서도 끝까지 원망하지 않고 감사한 마음으로 생을 마칠 수 있다면 얼마나 아름다울까.

"오늘 하루도 살아 있음이 행복입니다." 매일 이런 고백을 하면서 살아간다면 우리의 인생은 행복으로 가득할 것이다.

그대에게, 왜 사느냐고 묻는다면

채복기 지음

발 행 일   초판 1쇄 2015년 2월 13일
발 행 처   평단문화사
발 행 인   최석두

등록번호   제1-765호 / 등록일 1988년 7월 6일
주   소   서울시 마포구 서교동 480-9 에이스빌딩 3층
전화번호   (02)325-8144(代)   FAX (02)325-8143
이 메 일   pyongdan@hanmail.net
I S B N   978-89-7343-410-7   (03810)

이 도서의 국립중앙도서관 출판시도서목록(CIP)은 서지정보유통지원시스템
홈페이지(http://seoji.nl.go.kr)와 국가자료공동목록시스템(http://www.nl.go.kr/kolisnet)에서
이용하실 수 있습니다.
(CIP제어번호: CIP2014038501)

저희는 매출액의 2%를 불우이웃돕기에 사용하고 있습니다.